JN167089

メディアワークス文庫

小説家の作り方
新装版

野﨑まど

目　次

Ⅰ. 読者　3

Ⅱ. 卵　30

Ⅲ. レクチャー・1　57

Ⅳ. レクチャー・2　82

Ⅴ. レクチャー・3　112

Ⅵ. レクチャー・4　138

Ⅶ. 誕生　154

Ⅷ. この世で一番面白い小説　210

I．読者

1

トントンと原稿の束を揃《そろ》えて息を吐いた。

壁の時計を見ると夜の九時を回っている。でも編集部の中はまだたくさんの人が忙しそうに動き回っていた。みんな夜型なのだろう。それは僕のような作家が夜型のせいかもしれないけれど。

「物実《ものみ》さん」

正面に座る担当編集の付白誌作子《つきしろしづこ》さんが僕を呼んだ。

付白さんが「この辺でどうですか？」と卓上カレンダーの九月頭を指差す。

「ええと……もうちょっと早くても平気ですよ。この辺で」僕は八月の末日を指差した。

「え、ほんとですか？　じゃあここ……え、でも本当にいいんですか？　本当にこの日できます？　今ならまだ取り消せますよ？　後からやっぱりもう一週間て言っても駄目ですからね？　本当に、本当にここにしちゃいますよ？」

「多分……大丈夫かと」

「わかりました……物実さんがそこまでおっしゃるなら私も覚悟を決めましょう……えいッ！」

付白さんは赤いマジックで卓上カレンダーに○を書き込んだ。それをパーテーションの向こうから見ていた別な編集さんがあっという顔をした。どうやら共用のカレンダーだったらしい。本人も書いた直後に気付いたようで、カレンダーをパタンと机に伏せた。残念ながらそこまでバッチリ見られていた。

この付白誌作子さんという人物は、二七歳なのに編集デスクという偉そうな肩書きを背負っているので優秀な人材なのは間違いないはずなのだが。背が低くて童顔で不注意でおっちょこちょいで迂闊《うかつ》なために、優秀な人材だとなかなか信じてもらいにくい人でもあった。かく言う今も赤丸を書いてしまった卓上カレンダーをこっそり抜いて折りたたんで自分のファイルの間に隠している。そしてその一部始終をさっきの編集さんにじっと見られている。

「じゃあこの修正は三〇日までにいただくとして……」完全犯罪を成立させたつもり

で満足げに話す付白さん。「さて、物実さん」

「はい」

「率直にお聞きしますが」

「はい」

「次回作の構想などは」

率直に言えば、ない。

まぁでも構想とは呼べないまでも漠然とした方向性みたいなものはあるので、漠然とした方向性みたいなものはありますと答えると、付白さんは漠然とした方向性みたいなものですかーと言った。何の実りもない会話だった。

「ちなみにどんなです？」

「そうですね……次はちょっと毛色を変えて、現代物っぽいのがやってみたいなぁと」

「あ、いいですね。私好きですよ現代物。サスペンスとかミステリとか」

「まぁ、まだジャンルも何も決まってないんですけど。今ならご希望も伺えますが。付白さんはどんなのが読みたいですか？」

付白さんは少しだけ考えてから言った。

「面白いの！」

僕は半笑いで返した。

「何が可笑《おか》しいんですか何が」

「いやまぁ……そりゃ面白いのが書けるならジャンルなんて何でも良いとは思いますけども……」

面白いのが読みたいと言われてじゃあ面白いの書きますと明言できるほどの自信は、駆け出しの僕にはまだない。

「でもどうせ出版するまでには面白くなってないといけないんですから。最初から目指しといた方が早いですよ?」

「そうですねぇ」

「物実さんはまだ若いんですから。目標は高く!」

「高くというと、どれくらいの高みを目指せばいいんでしょうか」

「そんなの決まってるじゃないですか」

「直木賞とか?」

「ふはん」

鼻で笑った。

直木賞を鼻で笑い飛ばすとは。付白さんはいったいどれほどの高みを見ているというのか。

「いいですか、物実さん。私達《わたしたち》が目指すべき目標はたった一つ」

「ええ」

「〝この世で一番面白い小説〟ですよ」

2

小田急《おだきゅう》線の車窓から見える新宿《しんじゅく》のビル群が段々と遠ざかっていく。編集部からの帰りに毎回見るこの画は、SF作品の1カットみたいで好きだ。

窓の外を眺めながら、打ち合わせで出た修正箇所を思い返す。大がかりな直しはなかったので比較的早く終わると思う。小説の作り方にも段々慣れてきたかなと自分で感じていた。

二年前。僕は『深奥社《しんおうしゃ》ファンタジー大賞』を受賞して、小説家としてデビューを果たした。

大学四年の時に就職活動からの逃避を原動力にして書き上げた僕の長編小説は、今思えば情熱ばかりが先行した、とても青臭い内容だった。だが幸運にもそれが見初められ、僕は卒業寸前に小説家になる事に成功したのだった。

しかし小説家になったと言っても、新人がいきなり食べていけるほど甘い世界ではない。かといって折角デビューできたのに就職するというのも気が引けた（というかそもそも就職したくないという動機で応募したのだ）。苦悩と葛藤の結果、僕は学生時代からのバイトを継続しながら執筆も続けるという兼業作家の地位に落ち着いた。新卒時に就職しなかった事を両親は大袈裟《おおげさ》に嘆いたし、実際に茨の道かもしれないと思う。だが若い時の苦労はポイントの付く店で買えともいう。僕は自分を奮い立たせて苦労ポイントカードを作り、茨の蔓延《はびこ》る小説家の道に一歩を踏み出した。住み慣れた大学の周りでやり慣れた塾のバイトをしながら、学食の安いご飯を食べつつ生協で立ち読みをするという大学時代と全く変わらない生活をしていると、時々茨というのがどんな植物だったか忘れてしまいそうになるが。

そんな道路整備済みの茨道を歩き始めて早二年。僕は今日までに四冊の小説を出版できていた。今鞄《かばん》に入っている原稿は五作目となる。デビューした時は自分でも続くのだろうかと不安だったが、やってみるものである。

ちなみにこれまでの四冊は全てファンタジー小説だった。今持っている五作目もファンタジーである。まぁファンタジー大賞出身なのだから当然なのだけど。流石《さすが》にちょっと飽きつつもある。

そんなわけで次は現代物が書いてみたいと思う。付白さんはサスペンスやミステリが好きだと言っていた。やるとしたらどちらも初挑戦だけど、ミステリなんかはなかなか面白そうだ。

何かネタになりそうなものはないかなと携帯でニュースのページを眺める。トップニュースは《兵庫・一三〇人、集団失踪》だった。初《しょ》っ端《ぱな》から事実は小説よりなんたらなニュースである。記事の続きを読んでみると、某大手企業の製作所で職員が集団失踪、現場はどこからか漏れだした乳白色の排水で水浸しだったという。見出しだけでなく中身まで怪談みたいな事件だった。

仮にこの事件が小説の中の出来事だったとしたら。作者は一三〇人失踪の謎にオチを付けないといけないわけで、ファンタジーならまだしもミステリの場合は結構な苦労だろう。

乗換駅に着くまでの間、僕は試しに一三〇人失踪のトリックを考えてみた。被害者は実は氷でできていた、というのを思いついた。これなら床が水浸しであることも説明が付く。ミステリは向いていないのかもしれない。

3

モスバーガーを購入して、アパートに帰宅した。

夜食を食べつつ鞄から原稿を取り出す。といっても今からすぐに修正作業に取り掛かろうというわけじゃない。スケジュールにはそれなりに余裕があるので、明日からでも充分間に合うだろう。そんなわけで原稿はとりあえずPCの脇に置く。

再び鞄に手を入れて、もう一つの重要案件を取り出した。口が綺麗《きれい》に切られた白い封筒。さて、これは何か。

お答えしよう。

これはファンレターである。

この眩《まばゆ》い輝きを放つ封筒は、僕が作家生活三年目にして初めてもらったファンレターなのだ。既に開封されているのは、編集部で一度中を確認したかららしい。危ない物が届く可能性もあるので確認する決まりになっているそうだ。そんな決まりの存在も三年目で初めて知る事となった。

以前に付白さんに聞いた話によると、ファンレターを書くのは圧倒的に女性読者が多いという。そして僕の小説は圧倒的に男性読者が多いという。だから来ませんよと断言されていた。以降二年間、付白編集デスクの予知は的中し続けていたのだが、本日ついにその予言が破られたのだった。

封筒の裏を見る。

『紫 依代』と書かれている。

むらさきいよ、と読むのだろうか。やはり女性のようだ。僕は立ち上がって小躍りしようとしたが、小躍りがどんな踊りか判《わか》らなかったので再び着座した。

中には、便せんが二枚入っていた。

ボールペン書きのなかなか綺麗な字だった。ここで内容に関して事細かに説明するのは恥ずかしいので避けたいが、僕の小説がとても好きで、特に登場するキャラクターが大好きなのだと、熱っぽい語り口で書かれていた。

僕は感動していた。恥ずかしながらちょっと泣きそうだった。

いや、訂正したい。恥ずかしい事なんかではない。この手紙は、僕の小説を読んで僕の小説を愛してくれた読者が、僕にその気持ちを伝えるために書いた、この世にたった一つの僕のためだけの文章なのだ。それに僕が感動しなくていったい誰が感動するというのか。僕は力強く鼻を啜《すす》った。

しかし世の小説家達は今までこんなに素敵な物をもらっていたのか。どの作家もそんなことはおくびにも出していなかったのに。きっと必死に隠していたのだろう。自分も先輩方に倣って秘密にしようと思った。

結局僕は、普段メールを読む時の五倍くらいの時間をかけて手紙を読んだ。読んでは戻り、戻っては読み、反芻《はんすう》動物の如《ごと》く時間をかけてゆっくりと読んだ。そうして二枚目の最後まで辿《たど》り着《つ》いた時、僕の目はピタリと止まった。

そこには連絡先が記されていた。

電話番号とメールアドレスである。番号は携帯電話のものらしい。

つまりこれは、返事が欲しいという事なのだろうか。本文には返事下さいとは書かれていなかったが。だが好きな作家からの返事なら僕だって欲しいとは思う。アドレスを記載したのは当然それを期待しての事だろう。

ほんの二時間前に編集部で交わした会話を思い出す。僕はまさにこの状況を想定したような質問をしていた。「返事って出した方が良いんでしょうか？　それとも書かない方が良いんでしょうか」。付白さんはにっこりと笑って答えた。「自己責任で」

つまり一人前の小説家として、そして一人の大人として、責任の取れる範疇《はんちゅう》で好きなようにやれって事である。

想像していただきたい。駆け出しの新人で、健全な二四歳で、現在恋人もいない作家が、生まれて初めてもらった女性からのファンレターに返事を出さないなどという真似《まね》ができるだろうか。できまい。できまいて。

とは言っても。そこは僕も良識ある大人である。いきなり電話をかけるだの携帯からメールを送るだのというストレートな返事は自重したい。それがきっとお互いのためだとも思う。

というわけでPCのメールで返信する事にした。最初は仕事用のアカウントで出そうと思ったが、用心の意味も込めて新しいアカウントを取得した。今後ファンレターの返事はこのアドレスから出そう。また来ればの話だけれど。

五時間後。僕はスズメが鳴き始めるまで悩んだ果てに完成した全く当たり障りのないお礼の文章を送信した。

4

お昼前の学食は空いている。学生がみんな講義に出ているからだ。人のほとんどいない学食でチキンのおろし煮を食べていると、僕は大学生に生まれなくて本当に良かったなぁと安らかな気分になれる。

しかしそんな時の止まった世界に入門者がいた。茶水《さみず》である。

「またチキンのおろし煮か」言いながら、茶水はテーブルの向かいに座った。

「そういうお前こそ、また竹輪の磯辺揚《いそべあ》げじゃないか」

「こっちは学生なんだ。お前と違って金がない」

ちなみにチキンのおろし煮は三〇〇円で、竹輪の磯辺揚げは八〇円だ。だが茶水は磯辺揚げを三本買っている。金額は正直大差ない。

茶水は大学時代のクラスメイトである。在学時は同じ講座に所属していた。卒業後、僕は兼業作家となり、茶水はそのまま院に進んだ。未《いま》だに同じ地域をウロウロしていることもあって、彼との友人付き合いは惰性的にではあるが続いている。

こんな時間に学食にいるという事は、院の講義がない日なのだろう。院生は学部生より講義が少ない。講義以外の時間は全て研究に費やすわけだが、大体どこの講座もフレックス制なので、みんな昼過ぎくらいにのこのこ来て夜中までのろのろと働いている。

「なんだい、暇なのか」茶水が磯辺揚げを齧《かじ》りながら聞いてくる。

「暇じゃない。原稿の修正もあるし、次回作のプロットも考えないといけないし」

「次はどんなの？」

「決まってないけど。現代物にしようかと」

「ＳＦか」

何の脈絡もない返答をする茶水。

「いやまぁＳＦでもいいんだけどさ……でもお前が好きなのってハードＳＦだろう？」

「何か問題が？」

「売れない」

「我慢だ」

生活がかかっているのであまり我慢したくないポイントである。

「まぁＳＦを書くにしても、とりあえず起点になるアイデアがないとなぁ」

「じゃあ講座《うち》まで来るといい」

「何かあるの？　ネタになりそうな物」

茶水はある、と言い切った。

5

ＰＣのモニタに、縦書きの文章が表示されている。

読もうとしたが読めなかった。文字列は意味のある文章ではなく、ランダムな文字の集合だった。漢字と平仮名とカタカナが入り交じり、何の意味もない奇妙な羅列を形成している。それが画面上に連連と並んでいて、なんだかサイコな印象を受ける。

「ここを見ろ」

茶水が画面上を指差す。そこには「おいご覧、まるで無いんでしょう」という文が表示されていた。周りの完全にランダムな文字列と違って、そこだけは一応ながら文章の体を成している。

「なんなのこれ」僕は聞く。

「夏目《なつめ》漱石《そうせき》の文章だ」

「どういう事？」

「まず想像してみてくれ。小説の本をパッと開くだろ」

「うん」

「文章がずらりと並んでいるだろ」

「うん」

「その一文字一文字を一つのドットと考えると、小説の見開きというのはつまり絵なわけだ」

「うん？」

「これはな、その絵の濃淡から逆算して、作家の文章を再現するプログラムなんだ」

詳しく説明を聞く。まず小説の見開きを構成する文字をビジュアルとして見立てる。例えば「一」というような文字は画数が少ないからスペース当たりの色が薄く、「欝《うつ》」というような文字は色が濃くなる。それらを並べていくと当然ながら見開きの中に濃淡ができる。その濃淡に作家の癖が現れるのだと茶水は言う。そしてこのプログラムには夏目漱石の著作の濃淡パターンが記憶されており、そのパターンに沿って文字列の出力を何百回と繰り返し、そうしてついに現れた意味のある文章がさっきの「おいご覧、まるで無いんでしょう」なのだと、茶水は胸を張って言った。

「暇なのか」

「割と」茶水は胸を張るのをやめて言った。

「無理があるだろ、濃淡から文章起こすとか……」

「無理って事はないだろう。実際に文章ができてる」

「意味が通じてないじゃないか」

「でもほら、漱石っぽくないか？」

僕は再び「おいご覧～」の一文を見遣《みや》る。認めたくはないが、確かにぽくない事もない。

「あとは精度と回数の問題だと思う。パターン解析の方法を煮詰めれば、意味のある文章が出る率も飛躍的に上がるはずだ」

茶水は割と本気で言った。彼と僕では文学というものに対する姿勢が全く違うようだ。まぁ文章を濃淡で見るような変態的思考を持っていないと、わざわざ院に進もうなんて思わないのかもしれないが。文学の新しい地平はきっと彼のような男から生まれてくるのだろう。

「まぁこれはこれで頑張って開発してくれればいいけれど……」僕はこの部屋に来た理由を今更ながら思い出した。「でも小説のネタにはしにくいなぁ」

「ならないか」

「ＳＦっぽいと言えなくもないけど。言語モノかぁ……どうも地味になりがちな題材だね」

「地味か？　まぁそうか。地味だな」

「今だって編集さんから、もっと派手になりませんかって言われてるんだ。これ以上地味に傾くのは避けたい。他になんか派手なのはない？」

「派手ねぇ……。じゃあ、あれだ」

茶水は再びＰＣに向かった。僕も隣の椅子を借りて座る。

茶水がデスクトップの見慣れないアイコンをクリックすると、やはり見慣れないソフトが立ち上がった。英文でタイトルが出たが、すぐに消えてしまって読めなかった。

「なんて書いてあったの？」

「『バベルの図書館』」

続いてウィンドウが開いた。大きなウィンドウと、その周りに中くらいのサイズで二つ、更に小さいウィンドウが四つ、それぞれの中では日本語と英語のテキストが表示されている。

「これは何なの？」

「研究者のコミュにログインするソフトさ。文系理系問わず色んな分野の研究者が集まってるんだ。このコミュニティの名前が『バベルの図書館』」

「へぇ。集まって何をやってるわけ？」

「何ってわけじゃない。雑談してみたり、専門的な話をしてみたり。論文の真面目な相談をする部屋とかもある。実を言うとさっきの濃度パターン解析のアルゴリズムも、大元はこのコミュでヒントをもらって作ったやつなんだ。俺よりよっぽど凄《すご》い人がわんさと居るから」

茶水が人を誉《ほ》めるのは珍しいなと思った。彼は結構な自信家だし、自信に違わぬ実力も持ち合わせていると僕は思っている。実際学年では一番成績優秀だったし、院試も簡単にパスしていた。そんな茶水にして平伏せざるを得ない人がたくさんいるとは。世界はなかなか広い。

「ここに出入りしてると最先端の話が聞けて結構楽しいんだよ。犯罪っぽい話もしているが」

「やばそうなコミュだな……。つまりこのコミュにネタがいっぱいあるって事か」

「それもあるけど。ここにご要望の派手な人達がいる」

「ほう」

「このコミュは、ログインする時自動的にＩＤが振られるんだが」

茶水が画面を指差す。ランダムな英数字の羅列が表示されている。これが個人のＩＤらしい。

「一時的なIDだから入る度に変わるけど。とにかく全員にIDが付いている。だけど、IDの付いてない人間が何人かいる」

「なんで？」

「クラックして入ってるからだ」

「システムが脆弱《ぜいじゃく》なのか」

「昔は脆弱だったのかもしれない。でも最初にクラックされた時、『バベル』に参加してる腕利きの技術者達が集まってシステム周りを本気で改良したんだってさ。でも速攻で破られた。なのでまた改良した。でもまた破られた。そうして熾烈《しれつ》な競争が始まった。技術者勢が持てる技の粋を集めて壁を作る。破られる。作る。そんな事を繰り返してる内に『バベル』のセキュリティシステムは世界で最も堅牢《けんろう》と呼ばれるようになってしまったんだ。アメリカ国防総省より突破するのが難しいという話もある」

「よくやるなぁ」

「だが現在に至ってもIDなしでウロウロしている人間が七人だけいる。超常の技術を持つ七人だよ。その七人のクラッカーのスキルがあまりにも凄いんで、逆に研究者の崇拝の対象になってるんだ。『バベル』内で最も有名な存在。普段はほとんど見かけないけど、たまにふらっと現れては研究者同士の専門的な会話に参加して、そして世間話でもするように凄いアイデアを出して去っていく」

「小説のキャラみたいな連中だ……」

「派手だろう。その七人だけがＩＤの代わりに固定のハンドルを名乗る事を許されているんだ。というか勝手に名乗っている。【answer《アンサー》 answer《アンサー》; 答えをもつ者】【beaver《ビーバー》 eater《イーター》; カワウソ喰《ぐ》い】【copper《コッパー》 water《ウオーター》; 赤い水】【December《ディッセンバー》 ever《エヴァー》; 永遠の師走】【error《エラー》 over《オーバー》; 失敗失敗】【fever《フィーバー》 cover《カバー》; 真人間】【gutter《ガター》 keeper《キーパー》; ０点大行進】の七人」

「ラノべだぁ！」

ライトノベルだ。完全にライトノベルのセンスだった。現実の世界にそんな中高生向けの人達が存在して良いんだろうか。周りの誰かがその名前はよしなよと言ってあげなかったのか。

「それにビーバーはカワウソじゃないだろ……」

「彼はビーバーの和名がカワウソだと思っているらしい」

急にダメそうになった。超常の技術を持つ人々だったはずだけど。

「他の人も個人情報が結構出てるぞ。カワウソ喰いさんと永遠の師走さんと答えをもつ者さんが日本人で、０点大行進さんがイギリス人だったかな……あと真人間さんがＡ型のへびつかい座」

「親しみ易《やす》い連中だな……」

「どうだ。派手の参考になっただろう」

今のを参考にするなら、出版するレーベルを考え直さないといけないと思った。

6

言っても、僕が出しているレーベルがそこまでお堅いかと言われるとそうでもない。ライトノベルで出版しても違和感なさそうな本も結構あるし、自分の小説だってどちらかといえばそっち寄りだろう。定義の話は不毛だけれど、境界はどんどん曖昧になってきていると思う。

付白さんが前に言っていたが、やはりイラストの表紙の方が若い読者の食い付きは良いらしい。「若い人は現実より虚構の世界に魅力を感じるんですよ。リアルよりイマジナリーな方が想像の世界にハマれて好まれるんです」との事だ。オフェンシブな性格の付白さんは、イラストよりも更に想像力を掻《か》き立《た》てる表紙を作ろうとして、小説が表紙の小説を考案していた。それは表紙が付いてない小説である。

しかしどんな表紙なら爆発的に売れるんだろう、と漠然と考えていて気付いたら夜中の二時になっていた。表紙に関して何一つ思いつかなかった上に、中身に関しては欠片《かけら》も考えていなかった。最低の作家だった。

午前中に茶水と別れてから、僕はネタを求めて図書館や本屋を巡った。しかし新作のアイデアは何も出なかった。夕方に帰宅してからはずっとPCに向かって考えている。そしてやはり何も思いついていない。困った。

原因は解《わか》る。まだ方向性が漠然とし過ぎているのだ。書きたいネタがある、というスタートなら進め易いのだが、こんなジャンルが書きたいなぁ程度の状態では、指針が曖昧過ぎてどうにも進められない。僕の執筆は毎回こんな感じで始まる。よく四冊も出せたものだと思う。

頭をリセットさせるために、インスタントコーヒーを淹《い》れた。牛乳が切れていたので久しぶりにブラックで飲む。少しだけ脳が冴《さ》えた気がした。

まっさらにした状態でもう一度考える。

僕は今、どんな小説が書きたいのだろうか。

その問いかけの答えとして最初に浮かんだのは、付白さんの言葉だった。

〝この世で一番面白い小説〟。

リセットし過ぎた気がする。もはやジャンルも何もない。メタ的にすら感じるテーマである。

そもそも〝面白い〟というのが既に難しい。この言葉一つに無数の意味が包括されてしまっている。楽しかったり、興味深かったり、感動したり、そんな多くの意味のどれかであり、同時に全てである事。

〝この世で一番面白い小説〟を、今の僕は想像できないでいる。

付白さんもきっと想像できないでいる。

この世の誰一人として想像できないでいる。

だから誰も創造できないでいる。

でも、付白さんはそれを目指すと言った。はっきりと言った。あの人の目は真《ま》っ直《す》ぐだった。僕はあの時苦笑いしてしまったのを、今になって少し後悔した。

付白さんは大言を吐いたわけでも、大袈裟な表現を選んだわけでもないのだ。あの人はただ素直に思っていただけなのだ。〝この世で一番面白い小説〟が読みたいと。

僕も思う。

この世で一番面白い小説が読んでみたい、と。

その時、自分の心の中に小さなやる気が灯《とも》ったのが判った。僕の中に、また小説を書きたいという気持ちが生まれていた。具体的なアイデアがない状態なのはさっきまと何ら変わりない。でも、それでも一ミリだけ前進したと思う。付白さんに話したら怒られそうな、とてもわずかな前進だけれど。

コーヒーを飲む前よりも少しだけ前向きになって、僕は再びPCに向かった。こういう精神状態の時は、目に入る物がアイデアに変換されやすい。ウェブでも回ってみようと思った。

とその矢先、僕がPCに向かうのを待っていたかのようにペロレンという効果音が鳴った。メールの受信を知らせる音だ。

メーラーを開く。差出人を見て、僕は身を乗り出した。

『紫依代』の表示。

それはファンレターの返信の返信だった。

わっ、と反応してしまう。まさか返事が来るとは。思ってなかったわけではないが。メールで返したのだから当然ながらアドレスが知れる。なのでもしかしたらまた何か来るかもなぁくらいはちょっと思っていた。

だがしかし。ここではしゃいではいけない。いくら女性から返信がきたからといって、このまま文通を始めたりしてはダメなのだ。僕は曲がりなりにもプロの小説家であり、相手はあくまでも一ファンなのである。読者にはなるべく平等に接しなければならない。他のファンが怒るかもしれないし。そもそも僕はファンの女の子にホイホイ声をかけるような節操のない人間ではないのだ。いったい誰に対して釈明しているのだろうか。少し落ち着きたい。

メールを読む前にコーヒーを淹れ直す事にした。お湯を沸かし直していると段々気も落ち着いてきた。二杯目のコーヒーを一口飲む頃には、僕の心は朝の湖のように穏やかだった。読む準備は万端整ったと言える。

僕はメールを開いた。

今思い返せば。僕は完全に準備不足だった。

再啓

紫依代です。

不躾《ぶしつけ》なお手紙にご返信いただき、まことにありがとうございます。

まさかお返事をいただけるとは思いませんでした。重ねて謝意を述べさせていただきます。

その上で、物実先生が大変お忙しい事とは知りつつ、再び筆を取ってしまった事を何卒《なにとぞ》お赦《ゆる》し下さい。

二度目となるお便りをお送りいたしましたのには、理由があります。

どうか呆《あき》れずにお聞き下さい。

私に、小説の書き方を教えてはいただけないでしょうか。

あまりにも不躾であまりにも失礼な事を言っているのは充分承知しています。ですが、どうか聞いていただきたいのです。

私は、小説を書かなければならないのです。

私には小説を書いた経験がありません。それどころか、文章を書いた経験がほとんどありません。しかし私には、どうしても小説を書かなければならない理由があるのです。

どうか、どうか、私に小説の書き方を教えていただけないでしょうか。

私のような者に構うお時間がない事は重々承知しております。ですが、物実先生しかいないのです。私が小説の書き方を教わりたいと思う人間は、物実先生以外には存在しないのです。物実先生に小説の書き方を教わる事ができないのなら、私などという者が生き長らえる意味もありません。私が生まれてきた事自体に何の意味もなかったのだと思わざるを得ません。

どうか、何卒、私に小説の書き方を教えていただけませんでしょうか。

私は、どうしても小説を書かなければならないのです。

これから書き認めます事は、嘘《うそ》のような本当の話です。私自身、未だに信じられないでいるような話です。ですが、全て本当の事なのです。どうか信じて下さい。

私は、この世で一番面白い小説のアイデアを閃《ひらめ》いてしまったのです。

それをここに書き留める事はできません。私にはその力がありません。私には小説を書く力がありません。今の私は、この星のように煌《きらめ》くアイデアを、頭の中から一歩も出す事ができないのです。

このアイデアを、この世で一番面白い小説の種を、私の頭の小部屋から解き放ち、一冊の本としてこの世に現出させる事こそが、私という人間の生まれた意味であると確信しております。

どうか物実先生のお力をお貸し下さい。

お返事お待ちしております。

敬具

Ⅱ. 卵

1

お前は本当に肝が小さいな、と茶水が悪態をついた。異論はない。僕もそう思う。

僕と茶水は京王井《けいおうい》の頭《かしら》線の車中に居た。

目的はもちろん。紫依代さんに会うためにである。

あのあまりにもいかがわしいメールの後、僕は紫依代さんと三度メールのやりとりをした。

とりあえず色々と聞いてみた。彼女はほとんどの質問に素直に答えてくれた。明裏《めいり》大学の文学部に在籍する学生である事。二年生である事。実家は神奈川《かながわ》で、現在は大学の近くで一人暮らしをしている事。小説は色々と読んできたが、書いた事はまだないという事。その他個人情報の細かな所まで、彼女は明け透けに答えた。

だが僕が一番聞きたい質問にだけは、絶対に答えてくれなかった。

『〝この世で一番面白い小説〟のアイデアとは、いったい何なのか』

彼女の返答は何度聞いても同じだった。

『それを伝えたいのです。ですが、伝える力がありません』

そんなやりとりを三回繰り返したのち、紫依代さんは「一度会っていただけないでしょうか」というメールをよこしたのだった。

僕はこの突飛な状況を冷静に分析した。

一番可能性が高いのは、紫依代さんは凄いアイデアを思いついてしまったと勘違いしているだけの、言うなればちょっと痛い子だという説だ。聞いたら乾いた笑いが漏れるような物悲しいアイデアを、目を輝かせて語ってくれるというオチである。

その他にも忌避すべき可能性はある。たとえばインターネットに跋扈《ばっこ》する心ない人々が新米作家の僕をからかうために用意した悪戯《いたずら》だとか。女の子に呼び出されて鼻の下を伸ばして会いにきたところを晒《さら》し者《もの》にしようという悪ふざけだったら大変である。考えるだに恐ろしい。

何にしろ実際に会いに行くのは危険過ぎる。ここは丁重にお断りして、この話はなかったことにするのが最も正しい選択なのではなかろうか。そんな持論を茶水に話したら「本当にお前は小物だな」と言われた。

「晒されたって失うような物もないだろう。そこまで売れてる作家でもなし。女の子に釣られて騙《だま》されたら『あー騙されたー』でいいじゃないか。そうやってシカの赤ちゃんみたいにビクビク生きてるからお前はいつまで経《た》っても独り身なんだ」と好き放題を言ってくれる茶水。残念ながらぐぅの音も出なかった。おっしゃる通りである。

そんな茶水の言葉もあり、僕は二日悩んだ末に、ある程度のリスクを覚悟で紫依代さんに会ってみる事を決めたのだった。

ただ、誤解のないようにお願いしたい。僕は別に相手が女子大生だと判ったからわーいとばかりに口説きに行こうとしているのではない。

こう見えても小説家の端くれだ。

〝この世で一番面白い小説〟というやつが、やっぱり気になるのである。たとえ残念な結果が待っている可能性が九九％だとしても。多少のリスクを背負ってでも、その解答を聞いてみたいのだ。

「だったら背負えよ」隣で茶水が言う。「なんで俺が一緒に行かなきゃいけないんだ」

「一人で行くのは怖いじゃないか」

「怖いったって待ち合わせは喫茶店だろう？　なんの危険があるんだよ。あってもせいぜい壺《つぼ》をセールスされるくらいだろ」

その時は二人で力を合わせて壺のセールスから逃げよう、と答えた。自分の台詞《せりふ》のあまりの小物っぷりに少々驚いた。

2

紫依代さんが通う明裏大学と、僕が住んでいる東央《とうおう》大学近辺のちょうど中間という事で、対面の場所は下北沢《しもきたざわ》に決まっていた。

駅を降りて下北沢南口商店街を進む。そんなに広くない商店街だが、路上は人で溢《あふ》れている。流石は人気スポット下北と言ったところか。街灯の上には監視カメラが目を凝らしていて、良い意味でも悪い意味でも栄えている感じがする。

混み合う商店街を少し進んでから、地図に従って横道に入った。待ち合わせの喫茶店は向こうが指定してきた場所だった。

横道をしばらく行って、更に一段細い路地に入る。

もう商店はほとんどなく、周りは民家ばかりだった。人通りも急になくなった。昼間なのに誰も歩いていない。

「なんか寂しい場所だな……」僕は不安に駆られた。商店街ではあまり気分の良いものではなかった監視カメラが途端に恋しくなる。こういう裏路地にこそ必要な設備なのではなかろうか。しかし茶水は角のミスドから一〇〇メートルも離れてない、と余裕をかましている。お前には想像力というものがないのか、あのツタの茂ったアパートなんてきっと殺人が行われた事があるぞと家賃の下がりそうな話をしていると、僕らはいつの間にか待ち合わせの喫茶店の前に居た。

指定の場所である『純喫茶 マガジン』は、まるで純喫茶の情報誌のような名前だったが、一応は喫茶店だった。

外観はかなり古めかしい。キーコーヒーのロゴが付いた立て看板は錆《さび》だらけだし、ウィンドウに飾られた昔懐かしいスパゲッティのイミテーションはフォークを浮かせている。

「最近ああいうエスパー的なのないよね」

「早く入れよ」

「急《せ》かすなよ……心の準備ってものが」

「あのなぁ。そんなのが必要なのは相手の方だろうが。年下の女の子が一人で来てるのに、男の方が二人なんて恥ずかしい話だぞ。そもそも俺は付き添いなんて気乗りしてないんだ。だけどお前が余りにも及び腰だから」

「わかった、入る入る」

僕は木製のドアに手をかけた。するとペロロンペロロンという効果音が流れた。何だ何だ、罠《わな》か、と思ったら茶水の携帯だった。

「先生からメールだ」

「なんだって?」

「用件は書いてないが。早く大学に来いと言っている」

「お呼び出しかぁ」

「じゃあそういう事で」

何のためらいもなく踵《きびす》を返《かえ》す茶水。

「え、ちょ、待ってよ。ここまで来て帰る気か」

「来いと言われてるんだ。帰るしかあるまい」

「こっちの後で良いじゃないか」

「急ぎっぽい雰囲気だし。何より俺はお前の用事に付き合いたくないんだ。帰りたい」

「僕が一人で行って壺をセールスされたらどうするんだっ」

壺も一つあると色々と便利だと言って、茶水は帰ってしまった。

一人残された僕は浮き上がるフォークの前で逡巡《しゅんじゅん》した。このスパゲッティを眺めていたら危険を予知するような超能力に目覚めないだろうかと思ったが、二分経っても目覚めなかった。僕は諦めて再びドアに手をかけた。

3

扉を開くと、ガランガランとベルが鳴った。

そんなに広くない店内は一目で見渡す事ができる。中も外観にたがわず古臭い。木製の椅子とテーブルが並び、ステンドグラスの電気が黄色い光で店内を照らしている。窓が通りに面した一つしかないので、昼なのに電気を付けないといけない薄暗さである。これでジャズでも流れていたらまさに昔の喫茶店の雰囲気なのだけどBGMはなかった。代わりに天井に取り付けられた大きなシーリングファンがブィンブィンという不安な音を響かせていた。羽の回転にも不穏な緩急がある。壊れているんじゃなかろうか。

客は一人だけだった。

奥のテーブル席に女性とおぼしき背中が見える。どうやらあの子らしい。僕は奥の席に向かった。

「紫さん……ですか？」

声をかけると、女の子は振り返って立ち上がった。

二十歳と聞いていたが、年齢よりもしっかりとして見えた。薄手のジャケットにスカートというキッチリとしたファッションのせいかもしれない。ブラウンがかった髪は肩にかかるくらいの長さで切り揃えられている。長くはないが髪の量は多く、耳までスッポリと覆われていた。そして顔は、とても可愛《かわい》かった。

彼女は僕の顔をじっと見た。

強い目だった。

「物実先生ですか？」

「あ、はい。初めまして、物実です」

「紫《むらさき》依代《いよ》です」

彼女は奇妙な間を置いてから名乗った。

今の間はなんだろう。

「どうぞ、おかけになって下さい」

紫さんは、再び奇妙な間を置いて言った。

僕はなんとも座りの悪い気分になりながらも、言われるがままに腰掛けた。彼女も着座し、僕らはテーブル席で向かい合った。

そして二人揃って黙ってしまった。

紫さんは何も言わない。となると僕から何か言えばいいのだが、それがこう、難しい。例えば二人揃って緊張していて、ははは何だか緊張しますねみたいなお見合いテンプレで話が始められれば良いのだが。正面の女性は明らかに緊張していない。一言で言えば、凜《りん》としていた。背筋をピッと伸ばし、両手を自然に足に乗せ、そして真っ直ぐな瞳で僕をじっと見つめていた。緊張して話せないというのではなく、明確な意思を持って黙っている感じだった。僕はその空気に呑まれてしまい、下手な事を言ってはいけないような、というか一切動いてはいけないような、おかしなプレッシャーを感じていた。

とそこに助け舟が現れた。店主と思われる老人が水を運んできてくれたのである。

僕は金縛りのような状態から解放され、慌ててメニューを取ってコーヒーを注文した。紫さんの前には既に紅茶があった。

老店主は注文をもぞもぞとメモしてからカウンターに戻った。

僕は気を取り直して、再び紫さんと向かい合う。

改めて彼女の顔を見る。さっきも言ったがこの子はとても可愛い。いや、とてもどころじゃない。こうして面と向かってまじまじと見れば、彼女が半端なく美しいのがよく分かる。シルクのような肌、鏡のように光を反射する髪、僕が人生で出会った女性の中で、間違いなく一番可愛い女の子だった。

だが彼女を素直に可愛いと表現するのは何となく憚《はばか》られた。彼女はとても強い意志を感じさせる表情をしていた。引き締まった眉と目が、周りの空気を冷やすような凜《り》凜《り》しさを纏《まと》っている。もしかして怒ってるんだろうか。怒らせるような事は何もしていないけど……。

「本日は」

突然、紫さんが口を開く。

「わざわざお時間をとっていただき、誠にありがとうございます」

「あ、いえ。こちらこそファンレターありがとうございます」

「不躾なお手紙を送ってしまいまして、申し訳ありません」

再び不思議な間を取って返答する紫さん。

「あの、聞いてもいいですか？」


「はい」

「紫さんて……ちょっと返事がゆっくりですよね。それは、わざとなんですか？」

僕はこらえ切れずに聞いた。

すると彼女は、今までよりも更に三倍くらい長い間を取ってから口を開いた。

「物実先生。私は物事を考えるのが、人よりも遅いようなのです。そして会話の時、自分の中でこれを話そうと決めてからでないと喋《しゃべ》れない性分なのです。もっと早く話しなさいと怒られた事も多々ありますし、自分でも直したい悪癖であると思ってはいるのですが……。物実先生としても大変話しづらい事と思いますが、どうか寛容なお気持ちでお付き合いいただけないでしょうか？　私も少しでも早く話せるように誠心誠意努力しますので……」

「あ、いや、僕は別に……。聞いてみたかっただけです。そのままでいいですよ」

紫さんは間を置いてから、ありがとうございます、と言った。

どうやら彼女は、自分から喋る時もこちらに返事を返す時も、言葉を深く深く考えてから口を開いているらしい。なんだろう、どこかのお嬢様なのだろうか。会話の手番が自分なのが相手なのか解らず、ガクッとしてしまうようなテンポだ。僕はとりあえず話を続けようとしたが、なんだか今にも彼女が口を開きそうで躊躇《ちゅうちょ》してしまう。

これではお見合いではなく野球のお見合いである。

例えば自分の小説に彼女のようなキャラを登場させて、この喋り方を再現するとしたら。多分セリフの間を一行空けるくらいの間を取るとちょうど良い感覚になるんじゃないかなと思う。だが会話の間中ずっとそんな事をしていたら付白さんにも読者にもページの水増しとしか思われないだろう。なので〝この人はずっとこういう喋り方ですが、ここからは省きますよ〟と注釈して、以降は普通に行詰めして書くのが適切であろう。というかそもそもこんな面倒なキャラは出さないけれど。

「私、先生の作品は全て読ませていただいております」紫さんは突然話題を変えて話し始めた。

「メールでも書いてくれてましたよね。ありがとうございます、ほんと」

「先生の作品は素晴らしいです。驚異です。奇跡です。ミラクルです。ファンタジーです」

紫さんは熱っぽい台詞をキリッとした顔のままで言った。そりゃファンタジーなのはファンタジー小説なので当然だが。驚異だ奇跡だと言われるほどの物じゃないのは書いている自分が一番よく判っている。何故《なぜ》なら大体一万部前後の発行部数だからである。本当にミラクルな作品ならもうちょっとミラクルな部数になっている事だろう。

「しかし、僕の本のどこをそんなに気に入ってくれたんですか」

「キャラクターです」

紫さんはきっぱりと断言した。

「物実先生の作品に登場する人物はとても生き生きとしています。どの人物もまるでそこに存在するかのようなリアリティを持っています。ほんの数十ページの文章から、彼らのこれまでの人生をありありと想像できるような作品世界の奥行きを感じるのです。物実先生の小説の一番の魅力はキャラクターです」

紫さんは一言一言を噛《か》みしめるように語った。

正直に言って嬉《うれ》しい。キャラの造型は書きながら一番気を遣っているところなので、そこが評価されている事にはたまらない手応えを感じる。作業中は「こんな細かい所を直しても読者には届かないだろうか」と不安になる事も多いが、こうして直接誉められると、自分のこだわったポイントは間違っていなかったのだと思えた。僕は心の中でイェスと叫びながら「そうですか」と平静にコーヒーを口にした。

ただ、僕もひねくれた性格なのでつい言葉の裏を勘ぐってしまう。

キャラが良い、という事はつまりストーリーや構成・演出などは並、もしくは弱いという事かもしれない。もちろんそれは自覚している弱点でもある。付白さんにも言われている。地味だと。

「折角なんで色々と感想を聞かせてほしいんですが……」僕はおそるおそる聞いた。「キャラは気に入ってもらえたみたいですけど、他はどう思います？　お話とか」

「地味です」

紫さんはきっぱりと断言した。

「物実先生の小説は地味です。淡々とした物語、さりげなさ過ぎる伏線、抑揚の少ない展開、その粛々とした構成からは、もはやストイックさすら感じます。時には眠気を誘われる箇所もあります。四冊ともに必ずありました。私はその箇所に差し掛かる度に、ああこれはまさに物実先生の小説であるという実感を強めるのです」

僕はコーヒーカップをカチャリと置いた。

窓の外は良い天気だ。

非道《ひど》い……。

なんと非道い事を言うのだろうかこの子は……。

何が非道いって、彼女が語った話が全て事実という事である。釈明できない。逃げ場もない。正論のナイフで滅多刺しだ。訴えたいくらいだが、残念ながらこの事件の犯人は眠くなるような小説を書いてしまった僕であり、正面の女性は判決を読み渡す裁判官なのだった。僕は心の中で泣いた。心の外でもちょっとウルッとしていた。

「あの……紫さん……」僕は色々と頑張って喋る。

「はい」

「今日僕を呼び出した理由というか、貴方《あなた》のお願いというのは確か、その……」

「はい。物実先生。どうか私に、小説の書き方を教えていただけないでしょうか」

「…………」

反応に困った。

たった今、あらん限りの欠点をあげた小説家に、小説の書き方を教えてほしいという。いったいどういう事だろう。少なくとも皮肉ではない。皮肉というのはメールで何日もかけて人を呼び出してまで言うものじゃない。何より彼女の綺麗な目は、依然として真っ直ぐに僕を見つめていた。

「その、聞かせてほしいんですが。何故他の作家さんじゃなく僕に？　僕より腕の立つ作家さんなんていくらでも居るでしょう」

僕は素直な疑問をぶつけた。

彼女はやはり三行ほどの長い間を空けてから、グッと身を乗り出した。

「物実先生」

「はい」

「全ての小説に、美点と欠点が存在します」

紫さんは感情を込めずに語る。

「全ての作家の全ての作品にです。芥川龍之介《あくたがわりゅうのすけ》でも川端康成《かわばたやすなり》でも斎藤緑雨《さいとうりょくう》でも谷《たに》崎《ざき》潤一郎《じゅんいちろう》でも夏目漱石でも萩原朔太郎《はぎわらさくたろう》でも正岡子規《まさおかしき》でも山本周五郎《やまもとしゅうごろう》でもラフカディオ・ハーンでもワシントン・アーヴィングでも、それが小説家の書いた小説である限り、美点と欠点が必ず存在します。欠点のない小説など、この世にはありません。また言い換えるなら、その〝欠点〟という見方も、あくまでも物事の一側面にしか過ぎません。その部分を直せば、何らかの尺度においては前進が見込めるのかもしれませんが、また別な尺度においては後退している事もあるでしょう。時には欠点が長所になる事も、短所が美点になる事もあるでしょう。一つのポイントが悪しくある事と、全体としてそこを直すべきかどうかはまた別の問題です。物実先生の作品の地味さ、淡々とし過ぎている所、さりげなさ過ぎる所、抑揚の少ない所を愛している読者だって存在するのです」

フォローなのかどうなのか測りかねる話だった。彼女の話は続く。

「ですが、欠点などよりももっと大切な物があります。それが長所です。色の白いは七難隠すの喩《たと》えにもあります通り、大きな長所があれば小さな欠点など全く目に入らないものです。先ほども申しましたが、物実先生の作品の魅力はキャラクターです。先生のキャラクター造型は現在活躍するあらゆる作家と比べても抜きんでています。それどころか、名だたる文豪にすら比肩しうるものです。先生の本は、今はまだわずかな人の目にしか触れておりません。ですがこの先、物実先生の読者は必ず増えていきます。先生の作り出すキャラクターには揺るぎない価値があるのですから、時が経てば評価は自《おの》ずと付いてくるでしょう。物実先生は文学史に名を残す作家になります。私は断言します。間違いありません」

合間合間に考える時間を取りながら、彼女は長い長い台詞を語った。喋る間、彼女はずっと僕の目を見ていた。逆に僕は気恥ずかしくて何度か目を逸《そ》らしていた。

　どうやら彼女は僕の小説のキャラに心底惚《ほ》れ込《こ》んでくれているようだった。それ自体はとても嬉しい。嬉しいのだけど。

「どうか、私に小説の書き方を教えていただけませんか？」

　紫さんがグッと押してくる。

「何か問題があれば、おっしゃって下さい」

「問題はですね……」

　僕は考えながら話す。問題は、いくつかあった。

「一つは、僕がまだ駆け出しで人に書き方を教えられるような腕じゃない所とか……。たとえば今誉めてもらったキャラ作りにしたって、理屈ではなく感覚的に書いている所も多いんです。それを上手《うま》く人に教えられるかといいますと……」

「可能な限りで結構です。お願いします」

「あと、それに」

「おっしゃって下さい」

「時間が取れるかどうか……」

　オブラートに包んで言ったが、要は忙しいという意味だ。

　実は最近塾のバイトがなにげに立て込んでいて、執筆の時間を捻出するのに結構苦労していた。小説は相変わらず売れていないのでバイトの時間を減らす訳にもいかず、学食でおろし煮を食べながらなんとかやりくりしている状態なのだ。

ここから更に彼女に小説を教える時間を作るとなると、バイトが減らせない以上は自分の執筆時間を削っていく事になる。流石にそれは避けたかった。

「僕は兼業なので、仕事というかバイトもありまして」

そう言って難色を示すと、紫さんはまた少し考えてから言った。

「では、アルバイトという形でお願いできないでしょうか」

「はい？」

「報酬を、定期的にお支払いします」

「報酬って……紫さん学生でしょう？　そんなお金あるんですか」

詳しく話を聞く。あるらしい。

なんでも何年か前に彼女のお祖父《じい》さんが亡くなったそうで、その時に田舎の土地を売ったりしてできた遺産の一部が孫の紫さんにも回ってきたのだという。学生には分不相応なお金なので、使わずにずっと貯金してあると彼女は言った。どうやら本当に良い所のお嬢さんのようだ。その貯金から僕に報酬を払うと言うのだ。

「でもそんな大切なお金をこんな事に使っちゃ……」

「物実さんに小説を教わるより大切な事などありません」

紫さんはまたも断言した。

そうして彼女は、報酬として非常に絶妙な金額を口にした。それは受け取るのを躊躇するほど多い訳でなく、かといって引き受けるのを憚るほど少ない訳でもなく、もしその金額をもらえるなら塾のコマを減らして彼女に付き合ったとしても、なおかつ自分の執筆の時間が増やせるなぁと夢見てしまうような、そんな巧みな金額だった。

この時点で僕の心の天秤《てんびん》はかなり傾いていた。

「私は」

彼女が少し俯《うつむ》く。

凛々しい瞳に、一筋の影が差し込んでいる。

「小説を学びたいのです。小説を書こうと初めて思った時に最初に立ちふさがったのは、自分の無知という壁でした。書きたいだけでは駄目なのだと初めて知りました。私は小説を書く準備が何一つできていない」

紫さんが顔を上げる。

「でも、書きたいのです。書かなければいけないのです。この物語を書かないで、頭の中にずっと収めたままにしていたら、私はどうにかなってしまう」

紫さんは顔を歪《ゆが》ませながら、縋《すが》るような目を僕に向けた。

僕には。

今の彼女の気持ちが痛いほど解った。

その気持ちは、高校生の頃の僕が初めて小説を書こうと思った時と同じ気持ちだった。書きたくて、書きたくて、でも思うように書けなかった、あの時と同じ気持ちだった。

僕は目の前の彼女に、昔の自分の姿を重ねていた。

今の僕になら、あの時の僕を救う事ができるんだろうか。

僕はあの日から、どれくらい前に進んだのだろうか。

「物実先生」

「あ……はい」

「どうか、私に小説の書き方を教えていただけないでしょうか？」

彼女のガラスのように輝く双眸《そうぼう》が僕を見据える。

「えーと……」

天秤の針は、もう動かなくなっていた。

「じゃあ、一つ、お願いできますか？」

「なんでしょうか」

「先生というのはやめてもらえますか。気恥ずかしいですし、やりづらいんで……」

「教えて、いただけるのですか？」

「先生をやめてくれるなら」

その瞬間、紫さんの表情がにわかに綻び、彼女はとても素敵な笑顔を見せた。その顔はちょっと卑怯《ひきょう》だと思った。でも二秒後には、彼女はまた周囲の温度を下げるような凛とした表情に戻っていた。

「では、なんとお呼びすれば」

「普通でいいですよ。名字でも名前でも好きな方で」

「物実」

「………………」

それはあまり普通ではない。

「まずかったですか」

「ええと、さんとか付けていただいた方が……」

「敬称を省略した方が親しみが湧くかと思ったのですが」

「紫さんて、もしかして帰国子女とかですか？」

どうも彼女は言葉のテンションというかニュアンスがおかしい気がする。ガチガチにかしこまった彼女の言葉は、日本語を教科書で習得した外国人のようだった。しかも微妙にずれて覚えている。だからもしかしたら海外育ちなのかなと思った。

「いいえ、私は生まれた時からずっと日本で育ちました」

「あ、そうですか……」

「ですが、日本語が下手だと言われた事はあります」

誰が言ったのか知らないが同意したい。イントネーションがおかしいわけでも、文法を間違えるわけでもないのだが、どうも機微の点でずれを感じる。

「では、物実さん、でよろしいですか」

「ええ。それでお願いします」

「物実さん」

「はい」

「物実さん」

「は、はい」

僕の名前を二度呼んで、彼女はまた顔を綻ばせた。

その時僕は、ああ気を付けないと、と思った。何に気を付けようと思ったのかはよく解らないが、とにかく気を付けようと思った。何となく去年高尾山《たかおさん》に登山した時の事を思い出した。道が細くて手すりもない谷側の登山道は、足下に注意しないと谷底に転がり落ちてしまう。何故そんなことを今思い出したのかも解らない。だが高所恐怖症の僕はその回想だけで身を震わせた。

ともあれ、こうして僕と彼女の契約は成立した。

紫依代さんは僕の教え子になったのだった。

「ところで、紫さん」

「はい」

「メールでも何度か聞きましたけど、紫さんが考えたというアイデア。その……」

「〝この世で一番面白い小説〟ですね」

「え、ええ」

紫さんはそんな大変な言葉を、物怖《ものお》じもせずに言った。

「そのアイデアですが……メールでも同じ事を聞きましたけど、今の段階ではどうしても話せないんですか？」

僕はメールでも繰り返し聞いていた。〝この世で一番面白い小説〟のアイデアとは、いったいどんなものなのか。だが彼女はそれを絶対に教えてくれなかった。

紫さんは、いつもの間を置いてから口を開く。

「話せないわけではないのです」

「というと？」

「話せないのではなく、上手く話せないだけなのです。〝この世で一番面白い小説〟の話を言葉で伝えようとした時、私はいったい何から話せば良いのかを考えます。必死で考えます。ですがいくら考えてもその答えに辿り着けません。いったい何から話せばいいのか皆目見当がつかないのです。物実さんからメールで質問を受けた時に、私は答えようとしました。答えようとしたのです。そしてなんと答えれば良いのかをずっと考えました。ですが二日間考え続けても答えは判らず、このままではいつまで経っても返信できないと思い、やむなく返答を諦めたのです」

「ははぁ……」

つまり輝くアイデアはあるのだが、それを上手くまとめて話せないという事らしい。まぁ気持ちはわかる。僕もプロットを考えている時にはそういう時期が必ずある。そこからどうにかして実体を持つテキストに変換するのが小説家という仕事なのだけど、小説家でない彼女にはまだそれができないようだった。

「実は一度だけ、そのアイデアを無理やりメモに書き出して、近しい人に見せた事があります」

「へぇ。反応はどうでした？」

「反応はありましたが……私の思い描いていた物とは全く違いました。それは当然です。無理をして書き上げたそのメモが、既に私の思い描いている物とは全く違うのですから……」

「それを僕にも見せてもらうというのは？」

紫さんがブンブンと頭を振る。顔を顰《しか》めながら、それだけはできないと目で訴えてくる。

「そうですかぁ。まぁ無理にとは言いませんけど。でもこれからの取っ掛かりになれば何でもいいんで、具体的な事じゃなくても印象とかイメージだけでも良いんですけど……例えばジャンルはファンタジーだとか、ＳＦだとか、本当に一言だけでも」

「一言で言えば」

彼女が答える前に僕はあっと気付く。ああそうだ。一言では駄目なんだ。

紫さんは凛とした表情のままで、全く具体的じゃなく、印象やイメージとしても漠然としていて、でも何よりも絶対的で揺るぎない、僕の想像した通りの一言を口にした。

「〝この世で一番面白い小説〟です」

Ⅲ. レクチャー・1

1

バイト先の塾に電話してシフトを減らしてもらう。主任には「次の小説の執筆に時間を割くためです」と説明した。もっと割の良いバイトに行くからとは流石に言えない。

これを機に塾の方は辞めてしまおうかなと一度は考えたが、それは思《おも》い止《とど》まった。小説の家庭教師なんていうおかしな仕事がこれからどれくらい続くのかなんて全く読めないのだ。たとえば一ヶ月で終わってしまう可能性だって充分あるのだから、塾のバイトも保険で残しておくのが無難だろう。突然専業作家の砂漠に放り出されたら、今の僕では生きていけない。オアシスに自力で辿り着ける作家さんは潤うのだろうけど。多分僕は移動する湖の幻を追うタイプの作家である。

電話を切って、壁のカレンダーを眺める。絵がお月様とススキに代わっている。九月に入っていた。

明日から、紫さんに小説を教え始める約束になっている。

給料の支給は前払いという形になった。一ヶ月分の月謝を前の月の末に振り込んでもらう仕組みだ。前家賃と同じである。これならまぁ色々な意味で安心だろう。

僕自身、この話はかなり怪しいし美味《うま》過ぎるとは思っているので、彼女の身元の確認なんかもそれなりにちゃんとやった。紫さんは大学の学生証と免許証の画像を送ってくれた。どちらの写真もやはり本人と同じく凜とした表情で写っていた。

また、彼女は実家の住所と電話番号まで教えてくれた。電話帳を調べてみると、神奈川に確かに『紫』の家が有った。

そうして一通りの証明も見せてもらい、三日前には最初の報酬が振り込まれていた。今のところ問題は何もなかった。明日からとうとう「小説の個別指導」という、聞くからに詐欺っぽいアルバイトが始まる。

2

翌日の午後。

僕は電車に揺られながら、図書館で借りた本をパラパラとめくった。

借りてきたのは小説執筆の入門書である。探したらすぐに見つかった。何冊かあったのでバリエーションを付けて借りてみた。

順番に目次を眺める。ある本の第一章は《人称》の話だった。別な本の一章は《プロット》だった。また別な本の一章は《ライトノベルとは何か》だった。この一冊は間違いだったかもしれない。

また別な一冊は、小説の芸術としての在り方について深く切り込んでいた。論文のような語り口の本で、言葉のセレクトも一々難しい。この本もちょっとジャンル間違いだった気がする。

しかしちらっと読んだだけでも、みんなきちんと考えて書いているんだなぁと感心する。自分の執筆は相当筆任せである事が浮き彫りになってちょっとへこんだ。

電車のアナウンスを聞いて、本を鞄にしまい込む。さてまず何から教えればいいんだろう。漠然とした指導の方向を考えながら、下北沢のホームに降りた。

ていた。

3

小説教室は、最初に待ち合わせたぼろい喫茶店『純喫茶マガジン』でやる事になった。

紫さんは人の多い所が苦手だと言って、あの全く繁盛していない喫茶店を希望した。こちらも特に異論はなかった。僕も静かな方がやりやすいし、東央大からは二駅なので通うのも苦ではない。

ガランガランとベルの音を立てて店に入る。このベルは店内がガランガランである事の自虐ネタなんだろうか。雰囲気は割と良い店だと思うのだけど、やはり店構えのぼろさが敷居《しきい》を上げている気がする。チェーンの喫茶店よりは確実に入りづらい店だった。

店内にはやはりBGMはなく、前と同じように壊れかけの天井扇がブィンブィンと唸《うな》りを上げている。そして彼女も前と同じく店の奥の席に座っていた。挨拶をかわして僕も向かい側の席に着く。どうやらこのポジションがスタンダードになりそうだ。

「物実さん」紫さんが突然口を開く。

「はい？」

「よろしくお願いします」

「あ、こちらこそ」

普通の挨拶を交わしあっただけなのだが、彼女の喋りのテンポは今日も独特だった。話す前に必ず妙な間を取る。会うのは二回目だが、慣れるまでにはもう少し時間がかかりそうだ。

「さて」

僕は借りてきた本数冊と、メモ用のノートをテーブルに広げた。紫さんも自分のノートとペンケースを出した。授業の準備は整った。

「じゃあ紫さん。最初に幾つか質問させて下さい」

「はい」

「紫さんが、今どんなところに立っているのか、小説を書く準備がどれくらいできているのかをお互いに把握しましょう。わからない所はわからないで良いですから」

彼女は頷《うなず》いた。その瞳は今日も凛々しい。

「ではええと、今までに小説をどれくらい読まれてますか？」

「…………五……」

「ご？」

「五万冊程」

「はい？」

僕は聞き返す。

「五万冊、ですか？」

「はい」

「本当に？」

「はい」

五万冊かぁ……。

嘘だろう、と思う。だって五万冊って。にわかには想像できない量だ。ええと彼女は確か大学二年で今年二十歳だと言っていた。三六五日×二〇年で七三〇〇日……五万冊だと、一日に六・八冊くらい読まなければならない計算になる。いや〇歳の時から毎日六・八冊ずつというのは無茶だろうから、仮に半分の一〇歳から読み始めたとすると、毎日一三・六冊ずつ読む事になる。余りにも無茶な数字である。

「紫さんはその、速読でもやってるんですか？」

「速読はやっていません。ですが読むのは早いんです」

彼女はけろりと言った。

なんだろう……冗談を言っているようにも見えないのだが。見栄《みえ》を張ってるのだろうか。しかし見栄だったらもうちょっと現実的な数字を提示する気もする。

「五万冊は、まずかったですか？」

「あ、いや、まずいというわけじゃ」

もちろんまずくはない。むしろ読書量が多いのは小説を書く上で歓迎すべき事だ。

「じゃあその、どういったジャンルの小説を読みますか？」僕は気を取り直して聞いた。

「ジャンルにこだわりはありません。古い物から新しい物まで、特に基準なく選んで読んできました。国内海外問わず読みますが、私は外国語ができませんので、海外の作品は翻訳されたものしか読んでいません」

「なんでも読むと……。あと、これは前にも聞いた気がしますけど、小説を書いた事は？」

「ありません」

「短い物もですか？」

「はい。全くありません」

「じゃあ文章を書いた経験は、学校の作文くらいしかないと」

「残念ですが、その経験もないのです」

「ない？　って、作文の？」

「そうです」紫さんは頷いた。「私は生来文章を書くのが苦手なようなのです。学校の作文なども可能な限り避けてきました。手紙やメールなども最低限の連絡で済ませてきました。私は今日まで、文章を書くという行為にほとんど触れ合わずに生きてきたのです。私が自分の意志で能動的に書き上げた文章といえば、先日お話ししましたアイデアのメモ書きと、そして物実さんにお送りしたファンレターだけです。メモは箇条書きでしたから、物実さんにお送りした手紙こそが、私が人生で最初に作った文章だと言えます」

「…………」

背筋がぞわっとする。

怖い……。いや、心のこもったファンレターなのは大変嬉しいのだけども……こもり過ぎというか……。まさか作文もメールも避けて生きてきた女の子の、人生最初の手紙だったとは思わなかった。僕の小説のいったい何が彼女をそこまでとらえたのだろうか。作者の僕にも全く解らない。

しかし、彼女の言っている事が全て本当だとしたら、何てアンバランスな子なんだろうと思う。読書量は人並み外れて多いのに、文章を書いた経験が人並み外れて少ないとは。でも世に言う天才型の人間には、こういう極端な素行の人も多いと聞く。もしかしたらこの子は凄い作家の原石なのかもしれない。

そうなると彼女の持っているというアイデアが、実は本当に凄いアイデアだという可能性もある。〝この世で一番面白い小説〟になると自称するアイデア。今の段階では半信半疑というか全く疑わしい話だとしか思えないが、五万冊という数字が本当だとしたら、万が一があるのかもしれない。

僕はふむ、と思案する。この小説教室、どういう方針で進めたものか……。

読書量が多いって事は、既に小説を書くための下地はある程度できているんじゃないかと思う。基礎的な話を一通りするだけでも、後は自分で書けるようになってしまうかもしれない。だとしたらこのバイトもそんなに長くはなさそうだ。塾を辞めないでおいて良かったと胸を撫《な》で下《お》ろす。

とにかく彼女はアイデアも既に持っていると言っているのだ。ならばまどろっこしい文章練習なんかはやらなくてもいいだろう。

「わかりました」

僕は自分が持ってきた本の中の一冊を取った。

選んだのは『基礎から学ぶ　小説創作塾』という本だ。電車の中でザッとチェックしたが、この本が一番ニュートラルで初心者指導的な内容だったのだ。

「まぁ僕じゃなく人が書いた本なんですけど。とても解りやすい内容だと思うので、これを教科書の代わりにして進めたいと思います」

「はい」紫さんはキリッと頷いた。

『小説創作塾』の第一章を開く。

最初の項目は《構成》である。

「小説を書くために」僕は塾講師の時と同じ口調で話し始める。「最初に必要なものは〝小説が書きたいという意志〟と〝アイデア〟だと思います。ですが紫さんには、その二つが既にあるようなので。余計な精神論は省いて早速テクニカルな項目に入っていきましょう」

「はい」

「まずやるべき事はプロット作りです。プロットって知ってます？」

「知っています」彼女は言った。「創作におけるプロットとは、物語の構成の事です。ストーリーとの違いは、事象を順番に羅列するだけでなく、その事象同士の因果関係を含めて記述する点にあります。例を挙げれば『父が死んだ。そして母が死んだ』と記述されるのがストーリー。『父が死んだ。悲しみのあまり母も死んだ』と記述するのがプロット、と説明できるでしょう」

紫さんは、スラスラと語った。

僕は無言で手元の本を見た。

「あの、紫さん…………………この本読んだ事あります？」

「あります」

「あるなら言って下さいよ……」

彼女が今語ったのは、『小説創作塾』のプロットの項目に書いてある内容そのままであった。

「じゃあもうこの本に書いてある事は一通り知ってるわけですか」

「そうですね」

「だとしたら今更僕が教え直すような事もない気がするなぁ……。どうでしたか？この本」

「どう、と仰《おつしや》いますと」

「いや、これ結構良い入門書だと思うんですよ。この本に書いてある事を順番にやったら、小説一本くらいは完成する気がするんですけど。紫さんはやってみました？

プロット立てたりとか」

「やってみてはいません」

「はい？」

「私はその本を読んだだけです。書いてあるメソッドは理解したつもりです。ですが、
まだ実践してはいません」

「ええと……なんでやってみないんですか？」

「どうすればいいんでしょうか」

「どうすればって……立てましょうよプロット」

「立て方は書いていなかったのです」

「え、そんな事は」

僕は『小説創作塾』をめくった。《構成》の章を流し読みする。

「プロットとは何か」「起承転結を付ける」「時系列を確認する」「情報を明かすポイ
ントを定める」等々、プロットを立てるために重要な事がいくつも書いてあった。良
い事を言っている。良書だと思う。

だが。確かに〝立て方〟の解説はなかった。本は「以上の点に注意して、自分で勝

手に立ててほしい」と言っている。

いやしかし。機械のマニュアルじゃないのだから。プロットの一行目にはこれを書け、二行目にはこれを書け、なんていう本は存在しない。プロットの内容は作家によって全く違うのだ。一つの解答を明示できるような話ではない。

僕は紫さんの顔を見た。彼女は大真面目だった。どうやらこの子は本当に「プロットの立て方が書いてなかったので立てられない」と言っているらしい。ゆとり教育の弊害というやつなのだろうか。

「うーん……じゃあとりあえず、一度やってみましょうよ」僕はノートを開く。「紫さんもノート開けて下さい。あとほら、鉛筆持って」

言うと、彼女はシャーペンを取り出して無地のノートに向かった。何故だか肩にえらく力が入っている。

「どうかしました？」

「いえ……続けて下さい」

「じゃあ、始めますね。ええとアイデアは教えてもらえないんでしたよね。プロットは大元のネタに則して作るのが一番なんですが……まぁいいか。最初だし適当に作ってみましょう」

「て」

紫さんは目を丸くした。

「適当、ですか？」

「そうですよ」

「しかし、適当と言われましても」

「じゃあまず主人公から決めようかな。男にします？　女にします？　どっちが良いですか？」

「そ」紫さんは何故か眉を顰《ひそ》めた。「そんな大切な事を今この場で決めてしまうのですか……？」

「決めなきゃしょうがないでしょう。プロット作ってるんですから」

僕は自分のノートの上の方に《男》《女》の文字をささっと書き込んだ。

「いけません！」

突然、紫さんが椅子をガタッと鳴らして立ち上がった。

今度は僕が目を丸くする。

「物実さん！　貴方は……ッ！　貴方は小説を侮っている！」

紫さんが頭をブルンブルンと振って叫ぶ。どうした。いったいどうした。

「え、あの……なにがですか」

「これです！」彼女は僕の書いた字を指差した。「貴方は《男》《女》と書きました！　これが安易と言わずして何と言えば良いのでしょうか！　物実さん……主人公とは、物語に多大な影響を与える言うなれば最も大切なファクターでしょう？　その主人公の、中でも重要な要素である《性別》を、何も考えずに簡単に決定してしまっていいのですか？　いやよくない！　主人公が男か女かできっと物語は一八〇度変わってしまう事でしょう。もちろん問題はそれだけではありません。《男》《女》という二択である事が既に安易なのです。ニューハーフの場合だってありましょう。そもそも人間であるという決めつけが間違っています。小説という媒体の無限の可能性を考慮すれば、動物だって宇宙人だって主人公になり得るではありませんか！　なのにここで物実さんが《男》《女》と書いてしまうと、それらの広大な可能性は全て失われてしまうのです……ッ」

紫さんは物凄《ものすご》く悔しそうに歯噛《はが》みしている。

なんだか悪い事をした気分になってしまう。

「じゃあ……入れましょうか」

僕は《男》《女》の下に《ニューハーフ》と《動物》と《宇宙人》を書き足した。

紫さんはああっ！　と叫びあげて再びテーブルに身を乗り出す。

「い、いえ……確かにこれならば選択は広がりましたし可能性も多く残りましたが……しかしこれだけでは……そ、それに、そもそも最初に主人公を決めるのが間違っているのではないですか？　例えば主人公を女性と決定してプロットを進めた場合、もし途中で看過できない齟齬《そご》が発生したらどうするのですか。取り返しがつかないではありませんか……」

「そういう時はやめればいいんですよ」

言って僕は《女》の文字にピッと線を引いて消した。

紫さんはああっ！　と叫んでテーブルをバーンと叩《たた》く。

「なんて事を！」

「あの……とりあえず落ち着いて下さい。座って」

彼女はハラハラとした表情で着座した。大騒ぎして怒られるかと店主の方を見たが、老店主は耳が遠いのか気にとめていないようだった。客も我々しか居ない。この店を選んで本当に良かったと思う。

紫さんは落ち着かない様子で、僕のノートに書かれた文字をそわそわと見ている。

「書けませんか？　適当には」僕は聞いた。

「……書けません」

彼女は、間を取りながら言った。

「書けないのです。私が適当に書いたものが不正解だった場合の、そのリスクを考えてしまうと、何も書けないのです。しかしいくら頭を悩ませ続けても、何が正解なのかが解りません。小説の世界は、たった一つの正解を選び出すにはあまりにも広過ぎる……」

紫さんは、自分の前に広げられた白紙のノートを見つめた。

彼女の言っている事は、僕にはよく解る。

紫さんが今居る場所は、作家を志した人間ならば必ず一度は通っている場所ではないだろうか。プロットの一文字目を書く時の期待と不安。本文の一行目を書く時の期待と不安。全ての作家が絶対に一度は通ったはずの場所だと、僕は思う。

だがそこは、あくまでも通過点に過ぎない。その場所に居続けては、いつまで経っても小説は完成しないのだから。

だから紫さんにも、早く通過のスタンプを押してあげなければと思う。先はまだまだ長い。スタート地点で止まっている暇はないのだ。

「惜しいところまでは来てます」

僕の言葉を聞いて、彼女は顔を上げた。

「惜しい、ですか？」

「ええ。紫さんの言う通り、小説の世界は広大です。紫さんの目には、もう小説の果てしない世界が見えている。後は見た物をどう判断するかだけですよ」

「私には解りません……何が正解なのか……」

「違いますよ」

「え？」

「全部正解なんです。この世界に存在する全ての言葉が正解です。どんな言葉でも、どんな文字でも、小説の、プロットの、最初の言葉になる事ができる。だから間違いを書いてしまう事なんて絶対にない。原理的にあり得ないんですよ」

「あり得ない……」

「まぁでも、僕がそう思えるようになったのも最近の話なんですが。だからこれから書き始める紫さんにいきなり同じ事を思えというのは、流石に無理かなとは思います。なので、こうしましょう。今は僕が先生ですから、僕の言う事を盲目的に信じてみてもらえませんか？　後で思い直しても良いです。でも今だけは、僕の価値基準に自分を合わせてみて下さい。『全ての言葉が正解である』。繰り返してみて下さい」

「『全ての言葉が正解である』」

紫さんは恐る恐る呟《つぶや》いた。

「さて。それをふまえてもう一度スタート地点に立ってみて下さい。どうでしょう。見えませんか？　紫さんの前に広がってるのは、はずれでいっぱいのびっくり箱の山じゃあない。財宝しか入っていない宝箱の山ですよ」

僕は胡散臭《うさんくさ》い奇術師のような口調で、目を閉じながら両手を広げた。

さて、どうか。

薄目を開けて、紫さんの様子を窺《うかが》う。

はたして彼女は、口を薄く開けて、僕ではなくノートでもなくどこか遠くを見つめていた。ぽーっとしている。目もキラキラしている。おもちゃ売り場に連れてきた子供のような表情である。

どうやら成功のようだ。紫さんの考え方を上手い事切り替えられた。今の彼女には本当に宝の山が見えている事だろう。綺麗に騙されてくれた。

や、騙したというのは言葉が悪いけど。別に嘘は言ってないのだから。『全ての言葉が正解』なのは本当である。どんな言葉だって、小説の最初の言葉になれる。

ただ全ての言葉は、同時に不正解でもある。

きっと書き進めていくうちに、最初の方の不正解ぶりが段々と浮き彫りになるはずだ。僕はそれを経験的に知っている。でもそれはまだ言わなくていい事だ。書き進めた時に気付けばいいだけの話である。

今の紫さんに必要なのは、失敗を恐れずに深く考え過ぎないようにして、港から無理矢理出航する事なのだ。

「あの……物実さん……」

「はい？」

「何を選んでも、いいんですか？」

「ええ」

「本当に、何を選んでもいいんですか？」

「いいんですよ。お好きなのをどうぞ」

紫さんは、自発的にシャーペンを取った。

それから彼女はキラキラした表情であれでしょうか、いやこれでしょうか、と楽しそうに悩み始めた。こうなればもうそんなに介入する事はない。僕は紫さんが嬉しそうに苦悩する様を温かく見守った。

二時間悩み抜いて、彼女がノートに最初に書いた言葉は「なめらか」であった。

4

一回目の小説教室はひらがなを四文字書いて終わった。四〇〇字詰め原稿用紙一枚が埋まるのは一〇〇回目だろうか。小説の道は長く険しい。

外に出ると夕方になっていた。僕はご飯でも食べますかと何気なく誘ってみたが、紫さんは用事があると言って、さっさと帰ってしまった。ちょっと切ない。

仕方ないのでアパートまで戻って親友の茶水君に電話する。電話には出たが、飯を食べに出掛けるのは面倒臭いとのたまった。しょうがないので弁当を買って講座まで行く事にした。

大学の裏門側に回り『お弁当のこむぎちゃん』に立ち寄る。弁当箱から溢れんばかりに盛られた白米のイラスト看板が目印だ。おかずがない事を除けば完璧な広告である。ジャンボ唐揚げ弁当を二つ買って大学へ向かった。

僕が以前に在籍し、茶水が今も在籍する講座は一号館の四階にある。一号館は築六〇年のおんぼろで、風情はあるが機能がない。中でやってる研究は国内でも指折りのレベルなのだと思うが、そこに辿り着くには階段を使うしかなかった。

茶水は学生室に居た。机に向かって何やらカチャカチャと作っている。覗《のぞ》き込《こ》むと、それは木の板でできたティラノサウルスの模型だった。お腹《なか》の部分にはギヤボックスが積まれている。あー、これは。

「タミヤの『歩くティラノサウルス工作セット』じゃないか」

「そうだよ」茶水がネジを締めながら答える。

茶水の趣味は読書と工作である。彼が視界に入ると大体何かを読んでいるか何かを作っている。文系なのか理系なのか判断に迷う男だ。この講座には茶水が仕事で作った物と、遊びで作った物と、なんなのかよく解らないけど作った物が溢れている。

「しかし懐かしいね、それ。僕も小学生くらいの時に作った記憶がある」

「できた」

木製のティラノサウルスが完成した。点の目が可愛い。

「動かそう動かそう」

「よしきた」

茶水はそう言ってティラノサウルスを手に取ると、床に置いてあった小さな模型の一輪車にまたがらせた。スイッチを入れるとティラノサウルスは見事なバランスで一輪車を漕《こ》ぎ始《はじ》め、部屋の中をスイスイと走っていった。

「ジャイロを積んでみた」

「恐竜の生き方を尊重してやってくれよ……」

「彼らだって進化しているんだ」

恐竜は机や椅子の脚をかわしながら部屋を一回りした。多分障害物を回避するセンサーも積んでるんだろう。帰ってきた恐竜はなんとスイッチを切っても一輪でバランスを取って立っている。見事な調整でセッティングされたジャイロセンサの効果である。無駄な技術の結晶だ。

振り子のようにして揺れながら立っている恐竜を眺めながら、二人で唐揚げ弁当を食する。

「こんなもんを作ってるって事は、まだ暇なのかい？」

「そうだなぁ。後輩の卒論はまだ題材も決まってないから手伝うような時期じゃないし。今は割と手空きだな。こういうタイミングでなんか大きなテーマに取り掛かりたいんだけど」

「たまには休めばいいのに。彼女とどっか行くとか」

「今居ないし」

今、とサラリと言う辺りが大変憎らしい。

「お前の方はどうなの」茶水が聞いてくる。

「僕は忙しくしたいのにできないというか……次の小説のプロットを立てるのに頭を悩ませてる所だよ。それが完成しない事にはいくら本文が書きたくても取り掛かれないからなぁ」

「そうじゃなくて。彼女」

「居るわけない」

「だってほら、例の子に小説を教え始めたんだろう？」

「紫さん？」

「そうそう。どうなの」

「どうと言われても」

どうもこうも何もない。

どうやら茶水は、紫さんにアタックしてみろと言っているらしい。

「結構可愛いって言ってたじゃないか」

「結構どころじゃないよ茶水君。紫さんレベルの子はそうそう居るものじゃない。少なくとも学内じゃあ一人も見た事はない」

「そこまで誉めちぎるほど好みなら丁度良いだろう。これからも小説教室でちょくちよく顔合わせるんだろうし、あとは自然にお近づきになればいい」

「顔は合わせるけども……それはどうかと思う」

「なんで？」

「なんでって……」

なんでだろう。

紫さんは大層可愛いし、そんなに年も離れてないし、住んでる場所も近い。なによりも彼女は僕の小説のファンで、更にその上僕の教え子でもある。こうして列挙していくと、今の僕が置かれている状況はロマンスの神様がお膳立てしてくれたような完璧なシチュエーションのはずなのだが。

唐揚げを頬張りながら、僕はまた高尾山の深い谷を思い出していた。

Ⅳ. レクチャー・2

1

段々と肌寒くなってきた。

気づけば一〇月も下旬に差し掛かる。昨日、部屋に炬燵《こたつ》を出した。というかずっと出ていた炬燵に布団を掛けた。これで冬の間は下半身と炬燵が一体化して暮らす事になる。上は人間、下は炬燵。人炬燵姫《にんこたつひめ》とでも言おうか。人炬燵姫は炬燵から出ると声を失ってしまうので、仕方なく王子を amazon で取り寄せるのであった。amazon 最高。

しかしさしもの人炬燵姫も人化して出掛けなければいけない用事が幾つかある。ご飯とバイトと小説教室である。

紫さんの小説教室は、今日で七回目を数える。

ここまで大体週一回のペースでやってきた。正直に言えば、約二ヶ月講義した割には内容の進展に乏しいと思う。まぁ二ヶ月と言っても一回の授業は長くて三時間ほどなので、それほど密度が高いわけでもないのだが。それを差し引いてもちょっと遅いかなと思っている。

一応弁明するが、割の良いアルバイトなのでなるべく長引かせたいとか考えてるわけではない。

とにかく生徒が特殊なのである。

まず彼女は〝適当〟という事がとても苦手だ。それは一回目の授業を思い出してもらえればご理解頂けると思うが、紫さんはとにかく生真面目で、とにかく実直で、とにかく頑固なのだ。

その上彼女は無類の読書家であり、小説だけでなく小説入門書までも既に何十冊と読破していた。だがそれらに書いてある事を一切実践していなかった。つまり紫さんは、悪い意味で何重にも理論武装されてしまっていた。

そんなガチガチの頭を解きほぐしながら、極論を廃して、落としどころを見つけるという作業はかなり骨が折れた。『小説創作塾』に書いてある項目を一つ教えるだけで一回分の授業が潰れてしまう事もざらだった。そんなわけで七回の授業を終えた現在、進展具合はやはりイマイチといったところである。

ただ、遅ればせながらフォローさせてもらうと。

紫さんは決して出来の悪い生徒ではない。

彼女の論理の鎧《よろい》を脱がすのは確かに一苦労だったが、一度こちらの言いたい事が伝わってしまうとそこからの理解は猛烈に早かった。紫さんには他の追随を許さない読書経験がある。メソッドを習得した瞬間、その強大な武器を思う様に振るえるのである。

勉強というものは基本的に積み重ねだ。小説にしたって普通は少しずつ少しずつ上手くなるものだと思う。しかし紫さんの場合は違う。彼女は既に半端なく積み重ねている。積んだストックの使い方を知らないだけなのだ。

だから彼女は、理屈を理解した事は突然できるようになる。紫さんはまるで自転車の乗り方を覚えるようにして、小説の書き方を覚えていくのだった。

そんな彼女は、今日もまた新しい乗り物の乗り方を覚えていた。本日の講義では《ガジェット》と《モチーフ》について話した。紫さんは、最初はモチーフの扱い方に戸惑い、ガジェットをちりばめるバランスを考え過ぎて頭から煙を上げていた。しかし授業が終わる頃には、横溝正史《よこみぞせいし》作品に登場するアイテムの意味、ダン・ブラウンのモチーフのセレクトと効果を見事なまでに理解していた。正直知識では全く勝てない。僕が読んだ事のない作品も紫さんはほとんど読んでしまっているのだ。ぶっちゃけた話、教えた事に関しては、彼女は間違いなく僕より理解が深くなっていた。

ノートをパタンと閉じてコーヒーに口を付ける。紫さんは今日自分で取ったノートを真剣に見返している。こんなに熱心な生徒は塾にもなかなか居ない。

僕は『小説創作塾』をパラパラとめくった。さて次回はどうしようか。一応教本にも順番があるのだが、その場のノリで結構前後してしまっている。

「紫さん、比喩って解ります？」僕はなんとなく聞く。

「ある物事を、共通点を持つ別の物事に置き換えて表現する修辞技法の一つですね。直喩・隠喩・諷喩《ふうゆ》・引喩・換喩などの種類があります」

紫さんは国語辞典のように答えた。僕が何かを聞くと、大体いつもこんな感じの答えが返る。

「じゃあこれを何か適切な比喩で表現してみて下さい」

僕は手元にあったボールペンを彼女の前に差し出した。紫さんはボールペンを真剣に眺めてから言った。

「バールのようなボールペンだ」

そしてこのように、最初に実践してもらうと大抵残念な結果が得られる。

「ような、じゃないでしょう紫さん。全然似てないですよ」

紫さんは下唇を噛みながら悔しそうな表情を浮かべた。そしてボソリと「細長いから……」と言った。納得がいってないらしい。

「じゃあ次回は比喩の話にしましょうか……」

「わかりました」紫さんは凛とした顔で頷いた。

その時、老店主が近付いてきて僕らに声をかけた。老人は僕らの真上の天井扇を指差して、電気屋に見てもらうので一度止めたいと言った。やっと修理が入るらしい。大変喜ばしい事である。ちょうど話も終わった所だったので、今日の小説教室はお開きとなった。

紫さんが化粧室に立ったので、僕は会計を済ませて先に店を出た。西の空では夕日が沈みかけている。陽が落ちるのがだんだん早くなってきた。

そういえばこの時期になると「陽が落ちるのが早くなった」と毎年言っている。でもよく考えれば、陽の長さは毎年同じように短くなり、同じように長くなっている。少し視点を引いてサイクル全体を見れば、陽は早くも遅くもなってない。あくまで「例年通り」だと表現できる。僕が老人になる頃には「陽が例年通りだなぁ」と感じられるようになるんだろうか。そんな無為な事を考えていると、いつの間にか紫さんが隣に居た。僕らは並んで駅に向かった。

隣を歩く紫さんをちらりと見遣る。彼女はお世辞抜きで、視界に入るどの女性よりも美人だった。フランス人形のようなという表現があるが、それを使えるような日本人はこの人くらいしか居ないんじゃないだろうか。いや紫さんの顔はとても日本人らしいのだけど。でもどことなくハーフやクォーターのような雰囲気も持ち合わせている。

また彼女は色んな面で常識に欠ける割には、服のセンスがとても良かった。ネクタイやコサージュなんかを多用したファッションはお洒落《しやれ》な学生の多い下北沢でも全く見劣りしない。こんな素敵な子と並んで歩けるというのは大変喜ばしい事である。

だがしかし僕はあえて茶水にメールを打つ。毎度の晩飯の誘いである。紫さんに声を掛けるという選択肢はなかった。これまでに三度ほど誘ったが全部さらりと断られているからである。小説教室の後に茶水と飯を食べて「紫さんを誘えよ」「断られた」と話すのも定例になりつつあった。悪習なのでできればやめたいと思う。

下北沢駅の南口に到着する。

いつものように駅の階段を上ろうとすると、突然紫さんが声を掛けてきた。

「物実さん」

「はい？」

「こちらへ」

彼女は駅の階段ではなく、ガード下の道を指差した。そして歩き出した。僕も慌てて後を付いていく。

紫さんは井の頭線のガードをくぐると、そのまま道なりに進んでいく。

「どこに行くんですか？」

「この先に、コンビニエンスストアがあります」

コンビニだった。何でもなかった。最初にコンビニに寄りたいだけだと言明しておかないと読者に何かのイベントだと思われる可能性があるので、そこは気を付けるべきだと思う。次回の講義で注意したい。

少し歩くとミニストップがあった。

「ミニストップに入ります」

紫さんは凜々しい顔できっぱりと言った。コンビニはそういうテンションで入る店ではない。

自動ドアをくぐり、僕らは店内に入った。だが入った直後。

「なるほど……これがコンビニエンスストアですか……」

彼女は恐ろしい台詞を口にした。

「あの、紫さん………もしかして初コンビニですか？」

「ええ。初コンビニです」彼女は真剣な面持ちで答えた。

二十一世紀の日本国に生を受けて二十歳で初コンビニとは……。いったいどんな人生を送ってきたというのか。やっぱり彼女はお金持ちのお嬢様なんだろうか。でも地図で見た実家はそんなに大きくないんだよなぁ……いや、あれは別宅なのかも？　飼い犬しか住んでない家とかそんなの？

紫さんは店内をジロジロと観察しながら歩き回っている。通路の角まで行くと、店内放送が流れるスピーカーを物珍しそうに見上げていた。女子大生の貴重な初コンビニシーンである。ＢＢＣにハイビジョンで記録してもらいたい映像だ。

紫さんは店内をぐるっと一回りしてから、レジの上にあるファーストフードメニューに目を留めた。

「むっ！」

僕はまた驚いた。むって言う人を実際に見たのは初めてだ。

「物実さん。物実さん。あれは」

「ソフトクリームじゃないでしょうか紫さん」

「それは知っています」

「じゃあなんですか」

聞き返すと彼女は何も言わずに、キリッとした表情でレジに立った。

「ソフトクリームを下さい」

買ってる。いや別に構わないけども。

「物実さんは、どうされますか」

「あ、えーと僕は……」

コーヒー、いやそれはさっき飲んだか。

「じゃあ……僕もソフトクリームを」

「わかりました」

彼女は二つお願いしますと付け加えた。どうやら奢《おご》ってくれるらしい。店員さんがソフトを二つ作って差し出したので僕が受け取る。紫さんは鞄から携帯電話を取り出してレジに近付けた。電子マネーのようだ。

だが残念な事に、電子マネーのリーダーには手書きのメモ用紙が貼り付けてあった。

『機器の故障のため、現在ご利用になれません』

紫さんは携帯を差し出したままのポーズでしばし固まった後、いつもの真剣な表情で僕を見た。

「お金を」

「持ってないのか！」

「すみません」

現金は持ち合わせていないのです、と彼女は凜々しい顔で言った。紫依代お嬢様説がどんどん信憑性《しんぴょうせい》を帯びていく。普段は爺《じい》に払わせているに違いない。結局お金は僕が払った。

二人でソフトクリーム片手にイートインのコーナーに入る。

彼女は白い渦巻きを真剣に眺めている。

「ソフトクリームとは、主に牛乳などを主原料として作られた柔らかいアイスクリームの事を指します。コーンカップの上に乗せて食べるのが一般的です。英語では〝soft serve ice cream〟と言い、〝ソフトクリーム〟という言葉は和製英語です」

蘊蓄《うんちく》を語る紫さん。

「食べないんですか？」

食べます、と言って彼女はまたじっとソフトクリームを見た。

「食べるコツですが」

「なにそれ」

「大別して三種類の食べ方があります。口で直接齧る・舌を使って舐《な》める・スプーン等の食器を使う、の三つです。齧る型は一度に多量のクリームを摂取できますが上品さに欠ける側面もあります。舐める型は女性に多いパターンです。見た目が可愛らしく、男性へのアピールにもなります。ただし時間がかかるのは弱点です。スプーン型は最も上品な食べ方です。しかしスプーンがない場合は実践できないので、店舗の設備に左右され、汎用性の面では劣ると言えるでしょう。どの型を採用するにしろ、食べる時に重要になるのは速度です。ソフトクリームはソフトサーブアイスという特性上溶解の速度が早いので、あまり時間をかけるとどんどん液化していってしまいます。想定された食感を楽しむためにはフリーザーから搾り出された直後の物を食すのが理想と言えるでしょう」

溶けたクリームがテーブルにぽたりとたれた。

僕らは無言でそれを眺めた。

「四〇〇〇年前のエジプトには牛の乳から作ったシャーベットが既にあったと言われています」

「早く食え！」

「い、今食べますよ！　物実さんはちょっと黙って見ていて下さい！」

紫さんはソフトクリームの周りを見回してどう食べるかを思案した後、小さく開けた口で先端をパクリと齧った。そして大袈裟にモグモグしている。眉間には皺《しわ》が寄っている。あまり美味《おい》しそうには見えない。

だが一口目を食べてからは、彼女はよどみなくパクパクと食べ進めた。

「食べ始めると早いな……」

「だから言ったでしょう。私にとってはソフトクリームを食べるなど造作ない事だと」

「何と戦っているんですか……」

二分後、ソフトクリームは完食された。頭がキーンとしそうな食べ方だった。紫さんは勝ち誇ったような笑みを浮かべた。

「他愛ない……」

勝ったらしい。しょうがないのでパチパチと拍手した。彼女はフフンと鼻を鳴らした。

「で、どうだったんですか、初ソフトは」

「誰が初ソフトなどと言いましたか」

「違うんですか」

「違いませんけども」

一目瞭然である。

「で、どうでした？」

紫さんはいつものように真剣な表情で考え込んでから「雰囲気は楽しめたと思います」と答えた。

2

ctrl+s の操作でデータを保存する。椅子を軋《きし》ませて伸びをした。一仕事終わった解放感がじわじわと全身に広がって心地よい。

誤解があるといけないが、僕の本職は塾講師でも小説教室講師でも女子大生初コンビニ付き添い係でもなく小説家である。だから当然自分の小説を書いている。今月は雑誌に乗せる予定の短編を一本書き、たった今その推敲《すいこう》を終えたところなのだ。データをメールに添付して、付白さん宛てに送信する。初稿を送信するこの瞬間は毎回ドキドキする。短編だからそんなに大がかりな直しはないとは思うのだけど、それでも緊張するのには変わりない。

メールを送り終えるとお腹が鳴った。気付けば夜中の三時である。僕は夜食を買いにアパートを出た。

コンビニまでの道には車の姿がない。当たり前だけど。一応前後を確認してから、ガードレールを乗り越えて車道の真ん中を歩いてみる。これはなかなか気持ちが良い。仕事明けの深夜徘徊《はいかい》は最高だ。

しかしそんな解放感もつかの間、コンビニに着く頃には僕はもう次の小説の事を考えていた。というか考えざるを得なかった。

長編のプロットが停滞していた。

実はさっき終わった短編も、付白さんが繋《つな》ぎの意味で回してくれた仕事だった。あまり書く間が空かないようにと気を遣ってくれたんだと思う。しかしそれももう終わってしまった。手空きである。やる事はもう、単行本に向けて長編を考えるしかない。

実は幾つかのアイデアは既に持っていた。最近思いついた物もあれば、いつか書こうと思って寝かせておいた物もある。そのうちのどれかを作品として出せるレベルまで練り直せばいい。そうすれば良いのは僕もよく解っている。

だがそれができていなかった。できない理由も解っていた。

そう。

〝この世で一番面白い小説〟である。

長編小説のプロットを考えようとした時に、その言葉が僕の中で魚の小骨のようにチクリと刺さる。そして自問してしまう。このネタで本当に面白くなるんだろうかと。このアイデアは〝この世で一番面白い小説〟になれるだけの素養を秘めているんだろうかと。

馬鹿な事なのは自分でもよく判っている。そんな幻を追い求めて一歩も動けないなんてのは全く馬鹿げている。僕自身が小説教室で紫さんにそう教えたはずなのに。逆に僕の方が彼女の言葉に呪縛されてしまっているのだ。

小説家ならば、それを書かなければいけないのではないか。

夜空にたった一つだけ輝くその星を目指さなければいけないのではないか。

紫さんは目指している。

付白さんは目指している。

でも今の僕は、その星を目指したい自分と、定期的に本を出版して収入を得なければいけない自分の間で立ち止まってしまっていた。

小説を書く事と小説を書いてご飯を食べる事の間で僕は頭を抱えた。こんな悩みはとうの昔に通り過ぎたと思っていたのに。ああ、ああ。帰り道で夜空を見上げながらコンビニの袋を振り回す。空はどんよりと曇っていて星は見えなかった。

戻って袋を開くとお弁当から汁が漏れていた。当たり前であった。

3

編集部の打ち合わせスペースで待っていると、付白さんがペンギンのようにやってきた。そして何もないところでつまずいて書類をぶちまけながら転んだ。宙に舞うコピー用紙を見ながら、最近こういうアニメないなぁと思った。

今日は先日提出した短編の修正打ち合わせで編集部に来ている。

しかし短編の修正打ち程度ならメールか電話でも充分なのだ。なのに付白さんは「よければ編集部で」とおっしゃった。つまり別な用事があるという事だ。付白さんから僕に用事なんて、そんなの一つしかない。

案の定、打ち合わせは一〇分で終わった。付白さんは短編の原稿を脇にどけて、エホンと咳払《せきばら》いを打つ。

「ところで物実先生」

「はい」

「チョーヘンて知ってますか？　チョーヘン。聞いた事くらいあるでしょ？」

「知ってますよ。ドイツの街ですよね。ミュンヘンの西側の。僕、学生の頃旅行で行った事あるんですよ。あそこ本当に素敵ですよねぇ。街並みがすごく綺麗で。付白さんも知ってたなんて嬉しいです。付白さんは、チョーヘンのどこが好きですか？」

「あ、うあ、う、ごめんなさい……知らないですチョーヘン……」

謝られてしまった。しょうがないので僕もそんな街はないと告げて謝ると、付白さんはバンバンと机を叩いて悔しがった。なんで嘘を吐くんです！　いやそれよりなんで担当を騙そうとするんです！　いやいやそんな事より長編のプロットはどうしたんですか長編のプロットは！　と半泣きで怒られた。ごめんなさいまだですと頭を下げた。

「どうしたんですかぁもう。前の長編抜けてから結構空いてますよ？　短編一本挟みましたけど、こんなんは数には入りませんよ。長編！　長編のプロット下さい！」

「面目次第もなく……」

「現代物って前に言ってたじゃないですかぁ。そっからちょっとは進みました？　どんだけちょっとでも良いですから進捗《しんちょく》を聞かせなさいーいー」

唸りながら威嚇のポーズを取る付白さん。二七歳の貴重な威嚇シーンである。何故僕の周りにはBBCのカメラを必要とする人間が多いのだろう。

威嚇に対抗してうーん……と唸りながら首を捻《ひね》る。

実を言えば。今日は僕の方から付白さんに相談してみようと思っていた。筆が止まっている理由を話して、百戦錬磨の名編集付白誌作子さんに解決策を御指南いただきたいと思ったのだ。だがこうして面と向かうと、かなり聞きづらい。

なんでってその。恥ずかしいからだ。「〝この世で一番面白い小説〟が書けそうにないので、筆が止まっています」とか。ああ、文章に直すと更に恥ずかしい。

しかしずっと黙っている訳にもいかない。目の前では有能編集付白さんがフーッと威嚇を続けている。カニカマでもあれば宥《なだ》められるのだろうがあいにく持ち合わせていない。これで何も話さなかったら嚙みつかれるだろう。

僕は覚悟を決めて口を開いた。

「その……」

「ニャッ？」

「いえ、なんでも」

駄目だ。覚悟はできてなかった。やっぱり恥ずかしい。ただでさえ恥ずかしいのに、ニャッていう人に相談するのはもっと恥ずかしい。

しかし付白さんは威嚇を解いて言った。

「判った」

「判ったの⁉」

「じゃあ行きましょーか！」

「どこにですか」

「ご☆飯‼」
☆でも差し込みたくなるようなテンションで付白さんは言った。

4

連れてこられたのは編集部の裏にある洋食屋だった。どうやら付白さんの行きつけの店らしい。

僕はハンバーグセットを頼んだ。付白さんはすまし顔で「いつもの」と注文した。しばらくするとエビのフリッターが出てきた。付白さんはカウンターに向かって「もっとお腹にたまるいつものー！」と叫んだ。天丼が出てきた。柔軟性に富む店のようだ。

フライと天丼をもりもりと平らげる付白さん。彼女とは何回かご飯を食べた事があるが、この人はいつもよく食べる。割には太ってないのは謎だけど、まぁ彼女の運動エネルギーあふれるデスクワークを思えばこれくらい食べてちょうどなのかもしれない。

なんか甘いつもの下さい、と言ったら酒まんじゅうが出てきた。付白さんはまんじゅうを一口食べてお茶をずずと啜ると、目をギランと輝かせて僕を見た。

「物実さん、あれでしょ。〝この世で一番面白い小説〟を書こうとして筆が止まってるんでしょ」

「なんで判るんですか……」

「わからいでか。編集生活一五年のキャリアをなめないでほしいですね」

「二七歳だと計算合わないような……」

「日に三〇時間の編集という矛盾を乗り越えたからいいんです。さ、物実さん。遠慮なく悩みを相談なさい。深奥社第二編集部編集デスク、西新宿の生き地獄と謳《うた》われたこの付白誌作子に」

生き字引と間違えているんだろうが、あまり相談したくない異名である。しかし他に相談する相手もいない。僕は覚悟を決めて口を開いた。

「付白さん……〝この世で一番面白い小説〟ってなんでしょうね……」

「知りませんよそんなの」

「酷《ひど》い！」

「知ってりゃ自分で書きますよぉ」付白さんはまんじゅうをモシャモシャと食べながら言った。

「あの、僕一応、悩みを相談しているんですが」

「もちろん判ってますよ。いいですか、物実さん。私は〝この世で一番面白い小説〟がどんなものかは知りませんけど、どうやったらそれが書けるかは知ってますよ」

「えっ」

僕は目を丸くする。

「聞きたいですか？」

「き、聞きたいです」

「すあま食べたいなぁ」

「マスター！　すあま！」

出てきた。普段なら何であるんだよとつっこみたくなる所だが、今日ばかりは感謝したい。

「じゃあ教えてあげます」

「お、お願いします」

「聞きなさい、迷える物実よ……」

僕はごくりとつばを飲み込んだ。

付白さんは手に持ったすあまをびしりと僕に突きつけた。

「小説を一〇万冊読んで、小説を一万冊書くのです。さすれば〝この世で一番面白い小説〟は自ずと見えてくるでしょう～」

「…………」

「なんですかその顔は。何か不満ですか」

大いに不満だ。

「だって……そんなの単なる精神論じゃないですか……。いっぱいやればOKとかそんな」

「やってないでしょ物実さんは。やったら判りますよ、やったら」

「そういう付白さんはやったんですか」

「やってない」

堂々としたものである。

「でもやってないですけど判りますよ。間違いないですよ。この付白誌作子が保証しますよ」

「その自信はどこから……」

「証拠がありますもん」

「証拠ってなんですか」

「〝この世で一番面白い小説〟がまだこの世にはないでしょ？」

「え？」言われて少し考える。「いや、でも一応あるのでは？　今ある小説の中で一番面白い一冊が」

「私たちが言ってるのは、そういうのじゃないですよね？」

それは。

確かにそうかもしれない。

僕がビジョンを持てずに悩んでいるのは。付白さんが人生を懸けて夢見ているのは。

きっと今ある小説の中で一番面白い小説ではない。

きっと、もっと、超越した何か。

「そういう本はまだないでしょ？」

「まぁ……多分ないですよね」

「なんでないのか解ります？」

僕は首を振った。

「〝足りない〟からですよ」

「足りない……って何がですか」

「全部ですよ。〝この世で一番面白い小説〟を生むために必要な物が揃ってないんです。だからまだないんです。簡単な話ですよ」

「必要な物……」

「何が必要なのかは私にも分かんないですよ？　きっと色んな物が必要なんだろうなぁと思います。でも、これだけは絶対に必要だと思ってる物が二つあるんです。それが〝小説を読む事〟と〝小説を書く事〟です。たくさんの小説を読んで、たくさんの小説を書いて、小説の事を知る、小説の全てを知る、その先にこそ〝この世で一番面白い小説〟はあるんです」

付白さんは湯飲みを眺めながら静かに語った。

「私は小説が大好きだから人一倍読んでます。これからも人一倍読みます。でも、私には書く素養がないんです。それは自分で解ってます。私は小説を書く事に喜びを見《み》出《いだ》せない。だから私の先には〝この世で一番面白い小説〟はない。でもね、物実さん。

物実さんの先にはありますよ。きっとありますよ。〝この世で一番面白い小説〟が。私が物実さんの小説を初めて読んだ時、頭の中で何かがカチッとはまった気がしたんです。私の直感て結構当たるんです。正直、直感だけでデスクまで出世したんですからね。その勘が言いました。この人は〝この世で一番面白い小説〟に繋がっている何かだって。まー物実さんの何が繋がるって言ったら、きっとキャラですね。物実さんの小説で今特筆するとしたらキャラくらいですからね」

「なかなか辛辣《しんらつ》ですね……」

「誉めてるんですよぉ。物実さんにはキャラ作りのセンスがありますよ。それは技術とはまた別の、とっても大事な能力ですよ。胸張って下さい。後は構成とか文章の精度とか描写のバリエーションとか導入が弱い所とか説明過多な所とか省略が苦手な所とかリズムがいまいちダサい所とかを何とかすればいいだけですよ」

たくさんだった。きっと言わないだけであと五〇個くらいあるんだろうと思う。僕が五〇個と思ったという事は五〇〇個くらいあるのかもしれないけど。

「ま、とにかく。物実さんには期待してるって事です。私が育てたい作家ベスト3に入ってるんですからね」

「そこはまぁ素直に喜んでおきます」

「だから今は迷ってないで、延々読んで延々書いて下さい。それが唯一の道だって知ってたら諦めもつくでしょ。どーせ物実さんは一〇万冊どころか五〇〇〇冊も読んでないでしょ？　もっと読んで！　寝る間も惜しんで読んで！　あ、だめ、やっぱり書いて！」

確かに仰る通り、読書量はあまり多い方ではないので耳が痛い。自分でももっと古典とか押さえておかないとなぁと常々思っているのだけど。

と、その時ふと頭に浮かんだのは、僕の知っている中で一番の読書家の顔だった。

そういえば彼女の事は付白さんには話していない。というか話せない。ファンと会ったというだけでも充分後ろめたいのに、定期的に会って小説を教えてるなんて言おうものなら、ソンナヒマガアルンデスカーと鳴く野生の付白さんが茂みから飛び出してくる事だろう。

「あの、付白さん」

「ふー？」すあまを頬張っている付白さん。

「さっき一〇万冊読めば良いって言いましたけど、なんで一〇万冊って言ったんですか？」

「あ、ええと、一〇万冊というのはですね……とりあえずいっぱいなら良いかなーって……すみません適当ですごめんなさい……」

「いや別に責めてるんじゃなくて。例えば仮に、本当に一〇万冊の本を読んだとしたら〝この世で一番面白い小説〟に大分近付くと思いますか？」

「んーむー。まぁ私も一〇万冊読んだ訳じゃないんで想像ですけど。でも一〇万冊の本を読んだらきっとビジョンが変わると思うなぁ。ほら映画だって本数見ると見方が解ってくるって言うじゃないですか。それの凄い版みたいな？　量の問題だと思うので、一〇万冊じゃなくっても一万冊でも五万冊でも何かしらの変化は絶対出るはずですよ」

「ですよねぇ……」

僕もそう思う。五万冊というのは大変な力を持つ量だ。

紫さんの読書量五万冊という数字には最初こそ半信半疑だったが、いまでは疑う余地はない。彼女の知識の深さを僕はもう肌で感じている。たとえ五万冊でなかったとしても、半端じゃない量の本を読んでいる事だけは間違いなかった。

五万冊の本を読んだという紫さんには、いったいどんなビジョンが見えているのだろうか。

五万冊の本を読んで、一本の小説も書いていないという紫さん。

五〇〇〇冊にも満たない本を読んで、四本の小説を書いた僕。

いったいどちらが近いのだろう。

〝この世で一番面白い小説〟に。

「なんですか物実さん。読書一〇万冊に向けてスタートを切るんですか？　速読とかやるのは構いませんけど、先にプロット出して下さいね？」

「善処いたします。今できる範囲の中でなるべく面白いのを出させていただきます」

「もちろんいきなり〝この世で一番面白い小説〟を出してもらっても全然構いませんからね。まぁ無理だとは思いますけど。でももし出てきたら私も編集生命をかけて、いやいや命をかけて読ませていただきますよ。両親兄弟にお別れを告げて身辺を整理してから白装束で拝読させていただきますよ」

「どんだけヤバい本を想像してるんですか」

「ううん。ヤバくない。そういう準備をして読む物ですきっと」

「読むと死ぬって事ですか？」

「そうじゃなくてですねぇ……なんて言えば良いかなぁ。〝この世で一番面白い小説〟って、きっと世界を変えてしまうポイントなんですよ。あれだ、ターニングポイント。転換点なんです。この世界を、その小説の前と後の二つに分けてしまうような、読んだらもう二度と前の世界には戻れないような、そんな線路の切り替えポイントみたいな、そういう小説なんだと私のよく当たる勘は言ってます」

「なんか……怖いですね。読みたいような、読みたくないような」

「私だって怖いですよ。私に何かあったら猫のエサとトイレどうしようかと不安でたまりませんよ。でもきっと読んじゃうんだなぁ……」

「付白さん、こらえ性ないですからね」

「今を維持しようとする力と変えようとする力、その矛盾する二つの性質を一緒に共有しているのが生き物なのふぉ」

付白さんはエヴァの台詞を引用して格好良く語った。最後にすあまを齧らなければ完璧だった。

5

帰路の電車の中で少し考え事をした。

自分の事、紫さんの事、人生の事、そして小説の事。

なんとなく誰かと話したくなって、茶水にメールした。今忙しいとつれない返事が戻った。

仕方なく車窓に思いを馳《は》せる。

遠ざかる新宿のビル群は今日も、まるで未来のような現代だった。

V. レクチャー・3

1

一月。

結局僕は、前から書きたかった話をプロットにまとめて、付白さんに出した。

それは〝この世で一番面白い小説〟にはなれそうにもなかったけど、それでも今の自分が書きたいと思える一本なのは間違いなかった。僕は吹っ切れたような、晴れ晴れした気持ちでプロットを提出した。

次の日戻ってきた。「ラストに向かう主人公の動機が弱い」というリテイクだった。

僕は再び暗澹《あんたん》とした気持ちに戻り、悩みながら小説教室へと向かった。

2

「まず、何かしらの《ルール》を作るんです」

紫さんはノートを取りながら聞いている。

「作品の中にルールを作る。読者もそのルールを理解する。するとルールに則《のっと》っている間は先の展開が予測しやすくなるので、非常に読みやすくなります。逆にルールからわざと逸脱すれば、読者の感情を動かし、サプライズを与える事ができる。時計の振り子を想像してみて下さい。左に振れる。次は右に振れる。少し眺めていればそれだけでルールが完成します。〝左の次は右、右の次は左〟。読者は次の動きが予想できますから、とても読みやすい。あとは振り子の動きを少しずつ、少しずつ大きくしていく。そうして読みやすさを保ったままで大きな流れに引き込むんです」

うんうんと頷く紫さん。表情は真剣そのものだ。

「逆に読者を驚かせたくなったら、振り子を左に振った後さらに左に振るか、あるいは突然時計を爆発させてもいい。匙加減《さじかげん》は自在です。なんにしろ、演出に振り幅を持たせようとしたら基準になるラインが必要になります。その基準、《ルール》を自分で設定していく事が《小説の世界観》を作るって事なんだと思います」

「基準を作り、それを守り、時にそこから逸脱する……」

紫さんは自分で取ったノートを眺めながらブツブツと考えている。学習塾でもそうなのだが、生徒がこういう状態の時はなるべく放っておく方が良い。自分の頭を回している時が一番学習が進むからだ。

しばらくすると紫さんはハッとした表情を浮かべた。

「つまりギャップ萌《も》えというものでしょうか」

「変な言葉知ってますね……」

「本で読みました」

何の本だ。

「まぁでもそんなに間違ってはないですね。キャラが普段と違う一面を見せたりするのは、差を使った演出の一つですからね。例えば、学校では怖くて誰も近寄らないような不良生徒。でも実は……？」

試しに紫さんに振ってみる。

彼女は少し考えてから答えた。

「下半身が馬」

「それは怖くて誰も近寄らない……………あれ、合ってる……？」

いや合ってない。危うく騙される所だった。

「紫さん、逆です。怖い不良とのギャップにならなきゃいけないんですから、もっと優しい感じのものを持ってこないと」

「下半身が木漏れ日……」

もう何が何だか解らない。

「下半身から離れませんか」

「難しいですね」

眉間に皺を寄せて悩む紫さん。これで真剣に考えているというのだから、なかなか辛《つら》いものがある。

もちろん下半身が馬の不良キャラが悪いとは言わないが、その人が出てきた時点でジャンルがギャグか神話になってしまうのは間違いない。ギャグか神話が書きたいというならば何の問題もないが。そうでないなら下半身は人の足の方が問題が少ないと言える。キャラクターメイキングにおいて下半身の持つ影響は多大である。紫さんにもその辺の理解は必要だろう。

「じゃあ来週は、キャラの話をしましょうか」

僕は『小説創作塾』を見ながら言った。

するといつもの間の後に、紫さんの頭がガバッと跳ね上がった。

「キャ」彼女は真ん丸の目で僕を見る。「キャラ、ですか」

「キャラ、ですよ」

「し、しかし……」

「なにか問題でも？」

「そ、その……私に、キャラクターを作るなどという大それた真似ができるのでしょうか……。人格あるキャラクターを０から創造するなど……まさに神にも匹敵する行為ではありませんか」

「そんな大袈裟な……。キャラを作らない事には小説は書けないんですから。みんなやってる事ですよ」

「それはそうですが……」

「キャラの話はヤですか？」

そう聞くと、紫さんは頭をぶんぶんと振る。

「ヤではありません！　誰がヤなどと言いましたか！　私は言っていません！　今のは私の名誉を毀損《きそん》する発言ではありませんか物実さん！　訴えますよ！」

眉を上げながら捲《まく》し立《た》てる紫さん。キャラが立ってるなぁと思った。貴方みたいなキャラを書けば良いんですよと言おうとしたが、よく考えると彼女みたいなキャラをそのまま紙に書き写したらラノベである。誰もドキュメンタリーだとは信じてくれないだろう。小説というのは本当に難しい。

喫茶店の窓の外がオレンジ色になっている。本日の小説教室はここまでである。上を見上げると、天井扇が緩急のある動きでブィンブィンと唸っている。以前に直すと言っていたのだが、結局修理はされなかったようだ。だけどこんな危機感溢れる天井扇も付き合いが長くなると情が湧くもので、この工場のようなＢＧＭもなくなったら寂しいような気になるから不思議である。

さて。いつもなら茶水に晩ご飯のメールをするところだ。紫さんを誘う選択肢はない。二人でコンビニに行って以降、やはり二度ほどご飯のお誘いをしてみたが、結局どこにも行っていないからだ。

だが今日、僕は性懲りもなく三度目に挑戦しようとしていた。何故なら今日は一一月二三日であり、一一月二三日というのはちょっとしたイベントの日なのである。

トートバッグを肩に掛けて立ち上がる紫さんに、僕は声をかけた。

人の頭の向こうにまた人の頭がある。脳というとても大切な器官が入っている頭部も、これだけあると流石にありがたみが失《う》せるなと思う。その頭達の半数ほどは叫んでいた。大声と大声が混ざり合って結局何を言ってるのかよく判らないが、とにかく空気を震わせた者が勝ちというルールらしく、みんな自分の命をバイブレーションに変換して焼き鳥ぃだの皮だけの餃子《ギョーザ》でぇすだのと詠《うた》いあげていた。後のやつは本当に売る気があるんだろうか。

3

学園祭である。

本日一一月二三日は、我らが東央大学駒場《こまば》キャンパスの学祭『駒祭』の最終日なのだった。我らがと言っても僕は卒業して久しいのだけど。まぁ慣れ親しんだキャンパスには違いない。

人の頭でいっぱいの正門を抜けて、小舞台のある中央広場に出る。ここまでくれば人波も開けるので少しは歩きやすい。

振り返ると紫さんが這々《ほうほう》の体《てい》でついてきていた。

「紫さん、大丈夫ですか」

「これは……いったい……」彼女がふらふらと顔を上げる。

舞台上では東央大学フラメンコ舞踏団によるフラメンコが披露されていた。客席から「フラメンコー!」という声が挙がる。フラメンコに向かって貴方達はフラメンコだとどうしても伝えたかったのだろう。

「つまりこの人波は、フラメンコの発表会を見に来た観衆ですか物実さん」

「違います。学祭です」

「これが……? 」紫さんはきょろきょろと周辺を見回した。

純喫茶マガジンを出る時、僕は彼女を学祭に誘った。人が凄い事はもちろん彼女にも伝えた。以前に人が多い場所は苦手だと言っていたからダメ元と思ってのお誘いだった。しかし彼女はたっぷり五分悩んだ末に、意を決した表情で「行きます」と言い切った。

さて紫さんは、人の多い場所は苦手というのは本当だったが、それはあくまで物理的な話のようだった。

紫さんは背も高くなく華奢な体付きなので、学祭の人間津波の前には船から剥がれた板の一切れに等しい。ザバーンの一声で木っ端微塵になりそうなあまりにも頼りない存在なのは確かだった。

しかしそんな儚《はかな》い体軀《たいく》とは真逆に、彼女の心が挑戦的な好奇心に満たされているのはその表情から見て取れた。それもそうだろう。ソフトクリームも食べた事がないような女の子なのだから、学祭に並ぶ物、走る物、飛ぶ物、全てが初体験の代物に違いない。

紫さんは中央広場を取り囲む屋台をぐるりと見回している。そして目に入った一軒に近づこうと一歩を踏み出すが、二歩目を踏み出す前に隣の店が視界に入ってしまい、次の足はそちらに向かう。そうしてその場でクルクルと、昭和のおもちゃのように回っていた。思い切って誘って良かったなぁと思う。

「さてどこから回ろうかな……」僕は入り口でもらったガイドマップを広げる。「とりあえず右からグルッと行ってみますか」

「待って下さい！　無計画は危険です！　このパンフレットにも四〇〇を超える企画が存在すると書いてあるではありませんか！　スタートの判断を誤れば全ての企画を回る事など不可能ですよ！」

「最初から無理ですよ全部なんて。もう終わってるのもありますし」

紫さんはマップを見返してむむぅ……と唸る。そして顔を上げると、突然何かに怯《おび》えて僕の後ろに隠れた。

見れば学祭本部の前でライオンのきぐるみが踊っていた。彼は駒祭マスコットキャラクターの「こまいくん」である。元々は駒場のコマと狛犬《こまいぬ》のコマをかけてできたキャラなのだが、デザインした学生が狛犬を上手く描けずに結局ライオンになってしまったという不憫《ふびん》な生い立ちの子だ。まぁ狛犬も昔は獅子《しし》だったと言うし、あながち間違いでもないいんだろうけど。

「ライオンなのに、何故二足歩行なのでしょうか」

「四足歩行は腰に悪いからじゃないですかね」

「なるほど……」

納得されてしまった。適当に言って申し訳なく思う。

「ガイド、ガイドいりませんか」

と急に声をかけてきたのはバスガイドの格好をしたガイド売りの女学生だった。これもまた伝統的な催し物の一つで、観光文化研究会主催の『駒祭ガイドツアー』である。広いキャンパスを効率的に回れるというツアーで、初心者の集団を引き連れてキャンパス内を練り歩いている姿は学祭の風物詩の一つだ。一見するとなかなか心遣いの行き届いたサービスに思えるが、実は観光文化研究会はその他の悪辣なサークルと裏で繋がっており、参加者は巡回コースの途中で陰鬱《いんうつ》な詩集や野良猫の写真集を売りつけられる事になる。初心者が陥りがちな罠だ。

まぁでも知っていれば怖い事はない。開運アップリケなら昔買いましたよと言ってやると、バスガイドは「余計な事は触れ回らないようにー」と言って笑顔で立ち去った。振り返ると紫さんの姿がなかった。

4

周辺目撃者の情報によると、彼女はこまいくんに話しかけた後、そのままこまいくんに連れられてどこかに行ってしまったらしい。

迂闊だった。紫さんは変な人なので油断していたが、変な人だけどあれだけの容姿である。ましてや我が東央大学は女子比率が三割未満と圧倒的に低い。つまり寂しい男子で溢れている。祭りのテンションに浮かされた男子が身も心もライオンとなる可能性だって否定できない。こまいくん早まるな。君は本当は犬だ。

紫さんの携帯を鳴らしてみたが出ない。この喧噪《けんそう》で気付かないのかもしれない。本部に迷子放送を頼んでみたが、聞こえない事が多いのであんまり期待しないでほしいと言われてしまう。僕はしょうがなくローラー作戦に切り替えた。本部に寄ってる間に遅れを取ってしまった。あまり遠くへ行ってなければいいのだけど。

出店と人通りが最も多い駒場中央通りを、聞き込みしながら進む。

これだけ人が居たら捜すのは難しいかと思ったが、話を聞いていくと目撃情報が次々と躍り出た。美少女とライオンの組み合わせはかなり目立つようで、僕は刑事のように犯人の足取りを辿っていった。

紫さんとこまいくんは、まず仏教研究会の出店「仏像輪投げ」に挑戦し、見事百済《くだら》観音《かんのん》を獲得。次にクイズ愛好会とのクイズ対決に圧勝して鼻を鳴らした。続いて馬術部が売っている「裏の模様が表に、表の模様が裏に付いているとても珍しい蹄鉄《ていてつ》」が論理的に間違っていて値段も不当であると論破して値下げさせた。そして野球部の出店「たまらない球」ですくい取ったスーパーボールを力一杯はねさせて木に引っかけてしまい、とても悔しそうな顔で去っていったという。

見上げると木の上の方にスーパーボールがひっかかっている。あれ取れないかな、と野球部の人間に聞いてみると、彼はひっかかってるスーパーボールを狙って野球のボールを投げつけた。しかし当たらなかった。なんだなんだと部員が集まってきてスーパーボール落とし大会が始まった。次々に投げ上げられる野球ボール。しかし当たらない。彼らは本当に野球部なのだろうか。後でまた来ますと言って僕は紫さん捜しに戻った。

次に辿り着いたのは東央大学野鳥研究会だった。野鳥研では鳥のエサを売っていた。しかしお客さんに販売する前にハトとカラスの群れに店を襲われたらしく、テントやクロスの穴に鳥と人との激戦の痕跡が見て取れた。

野鳥研の会長は大きな目玉が一つ書かれた覆面をかぶり、全身に裏向きにしたCDを吊《つる》して鳥の襲撃に備えていた。

「こまいくんとその子ならグラウンドの方に行きましたよ」

「グラウンドか……どうもです。行ってみます」

「あ、僕も一緒に行っていいですか」目玉の会長が言う。「彼女、鳥よけには光の色が変わる素材が良いと教えてくれたんです。敷物《しきもの》に使ってた光沢シートを張ったら鳥が来なくなりました。店もやっと落ち着いたので、お礼を言いたいなと」

僕は目玉マスクの会長と一緒にグラウンドに向かった。

5

陽がすっかり落ちて藍色の空が広がっている。

グラウンドにはメインステージとサブステージがあるが、壇上でやる出し物はもうほとんどが終了しているようだった。この後は学祭のフィナーレとなる。メインステージはその際に最後の華を咲かせる。

サブステージの方は解体が始まっていた。いや解体というか破壊だ。フィナーレではグラウンド中央に大きな火をたくので、その前にサブステージを突貫で解体して薪《まき》に利用するのである。実はこの破壊そのものが恒例イベントの一つでもある。卒論が忙しくて学祭に参加できなかった四年生や結局今年も独りで学祭を歩いた男子学生が鉈《なた》や斧《おの》を持ってわらわらと集まり一年分の鬱屈を木材にぶつけるのだ。僕も四年の在学中に四回参加した。唯一彼女が居た時期がもうちょっとだけ長ければ三回で済んだのだけど。

昔を思い出しながら解体風景をしみじみ眺めていると、その激しい一団の中で見事な解体の辣腕を振るうライオンとへっぴり腰の女の子の姿があった。僕は目玉の会長と一緒に駆け寄った。

「紫さん」

「あ、物実さん」

やっと見つけた彼女は左手に百済観音を、右手に斧を持っていた。廃仏毀釈《はいぶつきしゃく》以外にこんな状況が存在するとは驚きだ。

「勝手にどっかいかないで下さいよ……えらい捜しましたよ」

「あ」

言われて気付いたらしい。彼女は沈痛な面持ちで深々と頭を下げた。

「本当にすみません……」

「いやまぁ、見つかったからいいですけど」

「アレ？」

とライオンが言った。こまいくんは破壊の手を止めて僕らの方に寄ってくる。そしてすぽりと頭を脱いだ。なんと中身は女の子だった。こまいくんじゃなくこまいさんだ。

「彼氏いるんじゃんよう。だったらついてきちゃダメじゃん」

「彼氏ではありません」

「あ、違うの。違うの？　彼氏さん」

「違いますよ」

「ふぅん。ま、彼氏じゃなくてもツレ置いてきちゃダメだよ。というか私か。私のせいか。彼氏ゴメンよー。でそっちの、鳥がこの世で一番嫌いそうな人は？」

「野鳥研の会長です」

　鳥の追い払い方を教わった野鳥研の会長は紫さんにお礼を言った。紫さんはより強力な鳥避けの知識を授けている。野鳥研に鳥が一羽も寄りつかなくなる日は近い。

「なんで彼氏じゃないの？」

　こまいさんが僕の顔を覗き込んで言った。

「なんでって、別に付き合ってないからですよ」

「もったいないじゃんよう。あんなに可愛いのに。私びっくりしたよ。なにあの顔。可愛すぎるでしょ。私が連れてかなかったら本部の男どもの毒牙にかかって、学祭のシンボルとして祭壇の上に鎮座ましますところだったよ」

「それは危ういところを……ありがとうございます」

「道歩いてても横から男が寄ってくるから途中からバケツかぶせて歩いたし。あんなもん野放しにしちゃダメだって。ちゃんとしまっときなね」

しまっときなと言われても、そもそも僕のではない。というか紫さんに彼氏がいるのかすら知らない。一回も聞いた事がなかった。

「物実さん」鳥避け講座を終えた紫さんがこっちに来た。「この後どうされますか？」

「そうですねぇ」

「決まってるでしょ」そう言ってこまいさんがボスボスと走っていく。すぐにボスボスと帰ってくる。手には斧と黄色いヘルメットを携えている。

「破壊の限りを尽くそう」斧をくれるこまいさん。

「僕はもう卒業したんだけどなぁ……」

「あら、先輩？じゃあ経験者だ。そりゃあ助かります。むらさんはこれかぶって。危ないから」

紫さんにメットをかぶせるこまいさん。解体作業をしていると木片が結構飛んでくるので、メットがあると作業しやすい。この子はベテランだなと思った。僕も何かかぶるものはないかと辺りを見回していると、突然後ろから何かをかぶせられた。ガゴンという音がして視界が真っ暗になる。

「先輩はこれで我慢して下さいな」

ブリキのバケツであった。痛い。まぁこれでもないよりはマシだ。

それから、僕と紫さんとライオンと野鳥研会長はサブステージを力の限り解体した。僕も技術なら負けないつもりだったが、やはり現役には勝てない。というかこまいさんは僕が今までに見た中でもトップクラスの攻撃力を有していた。その進撃の様は獅子王《しおう》グスタフⅡ世をも彷彿《ほうふつ》させる。きっと辛い私生活を送っているのだと思う。

斧をザクッと打ち立てて一休みする。向こうではこまいさんがサブステージ四柱のうちの一本を倒して英雄になっていた。バルト帝国時代の幕開けである。

紫さんはといえば、フラフラと掲げた斧を振り下ろして、小さな木片をパコンと二つに割っていた。かなり危なっかしいが正しい薪割りだ。良い燃料になる事だろう。

僕はそれを眺めながら、このバケツは紫さんがかぶったというバケツなんだろうかと考えて、少しだけ懊悩《おうのう》とした。

6

巨大な炎が天を衝《つ》き、学祭のフィナーレを煌々《こうこう》と照らしている。

ステージ上では学生達が最後とばかりに盛り上がっていた。僕と紫さんは炎の周りに腰を下ろす。そこにこまいさんと野鳥研会長がやってきた。こまいさんは本部からくすねたといってビールを分けてくれた。野鳥研会長は焼き鳥をくれた。彼らはまた来年ーと言って、ステージの大騒ぎに混じっていった。

紫さんはビールをちびりと飲むと、また難しい顔をしている。

「お酒飲めるんですか？」

「初めてです」

この子はなんでもかんでも初めて尽くしだ。こんなに箱入りだと色々大変だろうなと思うが、でも同時に、これから楽しい事でいっぱいなんだろうなとも思う。

「この火はすごいですね……」紫さんが炎を見上げた。「こんなに大きく燃やして、危険はないんでしょうか？」

「燃え過ぎないようにはしてるみたいですよ。実行委員がサブステージを作る時に、火の燃料に使う事も考えてステージのサイズを決めるんです。でも今年はよく燃えてるなぁ。こまいさんがかなり細かく破砕してたから、燃えやすいのかもですね」

「なるほど……」

紫さんは火を見つめたまま立ち上がると、火に向かって歩を進めた。僕も慌てて付いていく。

「あんまり近付くと危ないですよ。火の粉も飛んでくるし」

一〇歩ほど進んで彼女は立ち止まった。僕も止まる。熱せられた空気を顔で感じる。

紫さんはスッと右手をかざした。

「何をやってるんですか？」

彼女は何も言わずに炎に右手をかざし続けた。

そうしていると腕章を巻いた実行委員が道路工事の光る棒を振りながらやってきて、火に近付きすぎないで下さーいと僕らを追い立てた。僕らはすごすごと缶ビールの所まで戻る。

「今のは何をやってたんですか、紫さん」

「熱を感じていました」

「ははぁ……熱かったですか？」

彼女は自分の手のひらをじっと見た。

それから顔を上げて、学生が集まったグラウンドをぐるりと見渡した。

「学園祭とはこんなにも凄いものなのですね。もちろん私は学園祭というものを知ってはいました。本で読んだからです。テレビでも見ました。インターネットでも様々な情報に触れました。でも、来た事はなかった。そして今日初めて来ました。全然違います。私の知っていた学園祭と全然違います。持っていた知識がもの凄い勢いで組み変わっていくのを感じています。本物の学園祭は、私が想像していたものより何十倍も凄い」

「よかったですねぇ。連れてきた甲斐《かい》もあります」

「物実さん」

「はい」

「物実さんにお支払いしているお給料を少し増やした方がいいでしょうか？」

「なんですか藪《やぶ》から棒に」

「いえ、藪から棒ではありません。何故なら私は小説の書き方を習うという名目でお金をお支払いしているのに、このような小説の書き方と関係のない様々な事までご指導頂いてしまっています。これに関してはまた別個で金銭が発生すると考えるのは当然かと……」

いつものように凜とした表情で言う紫さん。生真面目過ぎる。そりゃ女の子と学祭に来てお金をもらえるなら素晴らしい仕事だと思うが、親には言い辛い職務内容である。それに。

「小説と関係ないって事はない」

「え？」

「ちょっと想像してみて下さい。昨日の紫さんと今の紫さんが、別々に学祭の小説を書くとします。きっと、全く違うものが出来上がると思いませんか？」

紫さんがこくりと頷く。

「なら、これは〝取材〟ですよ」

「取材？」

「いつか取材の授業もやりたいと思ってたんですけどね。もちろんキチンとした取材にはカメラもメモも要ります。でも今日のこれだって歴《れっき》とした取材なんですよ。紫さんはウチの学祭を見た。学祭の雰囲気を感じた。学祭を経験した。もう紫さんには、この東央大学の学園祭を小説に書く事ができるんです。上手く表現できるかはまた別の問題ですけど。とにかく材料は揃いました。小説を書く前に材料を集める事を〝取材〟と言うんです。だからこれも間違いなく取材ですよ」

「取材……」

彼女はもう一度グラウンドを見回した。

「それに紫さんは、もう取材の意味を感覚的に理解してると思いますよ。さっき火の熱を確かめてたでしょう？　あれがまさにそうなんです。初めての場所や初めての物を興味を持って調べていく事。次々と経験していく事。それが紫さんの小説をどんどん豊かにしていくんです。これがなかなか難しいというか、理屈を解っていても実践できない事が多いんですが……」

でも彼女にそんな心配は必要なさそうだ。

紫さんは周囲を一通り眺め回してから、自分の足下に置いてあった百済観音像を取り上げた。

炎に照らされる観音像を、彼女は目を輝かせて眺めた。

「取材、楽しいでしょう？」

僕は聞く。

「楽しいです」

紫さんは最高の笑顔で微笑《ほほえ》んだ。

7

彼女を駅に送るため、撤収作業で未だ騒がしい駒場中央通りを歩いていく。

その途中に人だかりができていた。ギャラリーに分け入ってみると、野球部の面々が木に向かってボールを投げ続けている。ユニフォームを着込んだ一人が僕に近寄ってきて、もう少しだ、もう少しなんだと言った。とても悪い事をしたと思う。

僕と紫さんは木の下まで寄っていく。ユニフォーム姿の青年が硬球を握りしめて振りかぶった。かけ声と共に投げ放たれたボールは、枝の間をくぐりぬけ、幹の分かれ目に挟まっていたスーパーボールを見事に打ち抜いた。

スーパーボールはそのまま落下し、真下にいた紫さんの手の中にすぽりと収まった。ギャラリーから万雷の拍手が湧き起こり、ボールを投げた青年の周りには、他の部員達がキャプテン！　キャプテン！　と言って詰めかけた。キャプテンだったらしい。

紫さんは戻ってきたスーパーボールを両手で高く掲げた。再びギャラリーの歓声が巻き起こる。クライマックスだった。何かの。

彼女の手の中で輝くそれは、まるで絹に包まれたような、とてもとても綺麗なスーパーボールだった。

8

駅で紫さんと別れてから、大学に戻って講座に寄った。

学生室に行くと茶水が椅子で寝ていた。学祭の陰にはこのように不幸な学生の死体が溢れている。といっても茶水はそんなに忙しくないと思うのだけど。
飯を食いに行こうと起こすと、茶水はそんな事より聞けと興奮気味で話しだした。聞いてみると、例のビーバーだかガーターだか言うラノベ的な連中の一人と共同研究を始めたのだという。友人としてあまり怪しい人物とは付き合ってほしくないのだが。まぁ茶水が平気だと言うなら本当に平気なんだろう。彼がヘマをするシーンというのにはお目にかかった事がない。

茶水は飯を食っている間もそのウォーターさんだかフィーバーさんだかの話を熱心に語った。この男は研究の事になるととても無邪気だ。そういう辺りが女性の母性本能をくすぐるのだろうかと思った。

こうして学祭は終わり、一一月も暮れていく。小説教室が始まってから丸三ヶ月。一本の小説が出来上がるには、まだまだ伝えなければいけない事がたくさんある。一二月だけじゃ全然終わらないだろうから、来年も紫さんとのお付き合いは続きそうだ。それは多分嬉しい事なんだろうなと素直に思った。

実は。

僕と紫さんの小説教室は佳境に差しかかっていた。
でもこの時の僕はそれを知らなかった。

Ⅵ. レクチャー・4

1

「キャラクターというのは一人の〝人間〟です」

「キャラクターは、小説の中に存在し、小説の中で考え、小説の中で行動します。読者はそれを読んで、頭の中にキャラクター像を作り上げます。では、キャラではなく、現実の人間はどうでしょうか？　例えば、僕の友達に茶水という男がいるんですが。もちろん茶水は現実に存在します。彼は自分の意志で自由に振る舞っています。今も勝手になんかやってる事でしょう。多分読書か工作でしょうけど。まぁとにかく、僕は現実の茶水と友人として触れ合っています。そこで、少し考えてみて下さい。僕は茶水を見て、茶水が今日何をしたかを聞いて、茶水がどんな人間かを知ります。こうして僕の頭の中には〝茶水のイメージ〟が作られます。このイメージは現実の茶水とは切り離された存在です。たとえ現実の茶水がたった今殺人を犯したとしても、僕がそれを知らない限りは、イメージの茶水は何も変わりません。これが僕の頭の中のもう一人の茶水。言うなれば〝茶水のキャラクター像〟です」

「何が言いたいのかというと。現実の人間も、小説のキャラクターも、頭の中においては得られた情報で作られたイメージである事には変わりがない、という事なんです。人の頭の中では、現実の人間とキャラに本質的な違いはないんです。もちろん現実の人間は能動的ですし触れる事もできますし、小説のキャラよりは圧倒的に情報量が多い。ですがそれはあくまで量の問題です。もし小説の情報量が多かったら、例えば二〇巻に及ぶ長編小説の主人公ならば、読者は付き合いの浅い現実の知人よりも、そのキャラの方に親しみを感じる事だってあるでしょう」

「これを踏まえれば、キャラの描き方も自ずと解ると思います。読者は読んだ情報から頭の中にキャラを作り出す。だから僕達作者は、作りたいキャラを想像しながら、書き出す情報を調整すればいいんです。好かれるキャラが作りたいなら好かれるようなエピソードを選んで書き込み、嫌われるキャラが作りたいなら嫌われるようなエピソードを書き込み、そうやって読者の頭の中を自分の意志でコントロールするんです」

「でも情報というのはそんなに単純じゃない。A、B、C、Dと数が増えていくごとに、それぞれを繋ぐラインがどんどん増えていきます。Zまで書き込む頃には、作者が思いも寄らなかったAとZを繋ぐラインが生まれてしまうかもしれない。でも、それはとても楽しい事なんです。だってそのキャラは、作者ですら思いも寄らなかった事をし始めるかもしれないんですから。そうなったらもうそのキャラクターは、作者からも読者からも独立した、一人の人間といって差し支えないと思うんです」

「僕はそういうキャラが作りたくて、キャラクターを考え続けているんです」

2

紫さんはキャラクター作りの話を、これまでのどの講義よりも真剣に聞いていた。まぁキャラの事は彼女が一番聞きたがっていたところなので当然といえば当然だ。僕の小説の一番の魅力がキャラクターなのは自他共に認めるところである。

実を言えばキャラの講義は今日でもう三回目だった。紫さんがあまりにも熱心に質問をしてくるので一回では収まりきらず、延々三週にわたって話す事になってしまったのだ。学祭から早くも三週間が過ぎている。結局一二月はキャラの話だけで暮れようとしていた。

「なにか質問はありますか？」

話し終わってから僕は改めて聞いた。自分では一通り説明し切ったつもりだが、これで彼女がもうキャラを作れるかと言うとまた別の話だとは思う。

これぱっかりは本人に実践してもらうしかない。そして実践とは、キャラの設定を考える事じゃない。キャラ作りの実践とは、すなわち小説を書く事とイコールなのだと僕は思っている。読者が読むのは生まれたキャラクターの人生であり、キャラクターの人生とは、それはすなわち物語なのだから。

「あの」

質問を待っていると、紫さんは恐る恐る口を開いた。

「質問ではないのですが……」

「なんです？」

「いえ、その、私のような人間がこんな事を言うのは恐れ多いのは解っているのですが……」

「歯切れ悪いですね。なんですかいったい」

「その……」

紫さんは苦悩するような表情でテーブルをじっと見ている。両肩には力が入っていた。何か言いづらい事を言おうとしているのか。僕は彼女の言葉を待った。

紫さんが意を決して顔を上げる。

「書いてみても、よろしいでしょうか？」

「え？」僕は首を傾《かし》げる。「何をです？　プロットですか？」

「いえ、違います。小説を……小説を書いてみてもよろしいでしょうか？」

彼女はそう言ってから、とんでもない事を言ってしまったという顔をしてまた俯いた。

「急にどうしたんですか？」

僕も驚いて聞き返した。

「あの……私程度の人間が、物実さんに小説を教わり始めてからまだ四ヶ月と経っていないような素人同然の私が、今からいきなり小説を書こうなどと言うのは余りにもおこがましい事だと重々承知しているのですが……ですが、聞いて下さい物実さん。何故かは解りません、何故かは解りませんが、今なら、今なら書けそうな気がするんです。小説が、書けそうな気がするんです」

彼女は苦悶《くもん》の表情で僕に訴えかけた。

そして訴えられた僕は、ちょっと感動していた。

これは一つの革命である。

思い返せば四ヶ月前、プロットの一文字目を書く事すらためらっていた彼女が、ついに小説の執筆に乗り出し始める気になっている。彼女の言葉。「小説が書けそうな気がする」という言葉。ここに辿り着いた事は一つのステージのクリアと言って良い。長かった。四ヶ月もかかるとは思わなかった。

「書けますか？　プロットは自分で立てられますか？」

僕は大喜びしたい気持ちを抑えつつ、あくまでも先生然として聞く。

「判りません。具体的なプロットもまだありません。構想程度、いえ構想とすらも言えないような漠然としたイメージが存在するだけなのですが……ですが、何故か書けそうな気がするんです。私も自分で驚いています。このような何の根拠もない事に、こんなにも確信的な気持ちになれる自分に」

「おかしな事じゃないですよ。僕だって同じです。書く時はその気持ちを大切にした方が良い。というかその気持ちだけが、最後まで信じられるただ一つのものですよ。書きたい時に我慢する必要なんてないんです。紫さん、書いてみて下さい」

僕の言葉を聞いた彼女は、安堵《あんど》の息を吐いて顔を綻ばせた。反対されるとでも思っていたらしい。そんな事をするわけがない。彼女の執筆意欲を一番喜んでいるのは他ならぬ僕なのだ。

しかし直後、紫さんの顔が再び曇る。

「ですが、私に本当に小説が書けるのでしょうか……」

「書けますよ。保証します」

「本当ですか？」

「ええ。もちろん最初ですから、満足の行くものが書けるかどうかは判りませんが。でも出来る限りで良いんです。小説を書いていくって事は、その出来る限りをずっと続けるって事なんですから。途中で詰まったら何でも聞いて下さい。一応先生なんですからね。まぁ当然僕にも出来る事に限りはあるわけですけど……」

「いえ、是非お願いします。私が小説を書けるという気持ちになれたのも、全て物実さんのご指導のおかげなのです。きっとたくさんの質問をさせていただくと思います。どうかご助力下さい」

「ええ、遠慮なく聞いて下さい。あ、じゃあ……この教室はどうします？」

「できれば引き続きお願いします。質問もこの場でお聞きするのが一番解りやすいと思いますから」

それは僕も同じ気持ちだった。紫さんの指導なら、慣れ親しんだこの喫茶店が一番やり易い。

「じゃあ来週もここで……あ」僕は携帯のカレンダーを確認して止まった。「紫さん、来週どうします？　曜日ずらしますか？　別にまた来年に再開でも構いませんけど」

「曜日をずらすのですか？　何故ですか？」

「だって来週の今日は」

二四日である。

一二月の二四日といえば忌日であるから、行いを慎み汚れを避け、心身を清めて過ごさないといけない。僕もその日は毎年家から出ないようにしている。紫さんもきっと家に居るんだろうが、まぁもしかしたら別な洋風の用事もあるのかもしれないし、とにかくその日は避けた方が世間では何かと問題が起きないものである。

「二四日ですよ」僕は携帯のカレンダーを見せた。

「そうですね」

「予定ないんですか？」

「？」

紫さんはきょとんとした顔をした。困った。知らないらしい。いや何の日かは知っているのだろうが、意味が解っていないようだ。僕は仕方なくクリスマス・イブというものが世の中ではどういう日なのかを説明した。とても虚《むな》しい。

紫さんは別に何の予定もないので、可能なら小説教室をやってほしいという。当然ながら僕も身を清める以外の予定はない。というわけで今年最後の小説教室はクリスマス・イブにやる事になった。イブを紫さんと過ごせるというのは大変嬉しい事である。あまり色気のない会合になるのはわかりきっているが、家で沐浴《もくよく》よりはよっぽど楽しいはずだ。

「じゃあ来週まで筆が進むだけ進めてみて下さい。判らない事があったら途中でも見せてくれていいですよ」

「わかりました」

紫さんはいつもの真剣な表情で頷いた。見せてくれと言ったら頭を振り回していた頃を思い出し、遠くに来たものだと思った。

「ところで紫さん」

「はい」

「その書きたい物って、新しく思いついたお話ですか？　それとも……」

彼女は首を振る。

「いいえ、違います。私が書きたい物はたった一つです。物実さんにお会いする前から今日まで、私はそれだけが書きたいと思い続けてきたのです」

「じゃあやっぱり……」

彼女は全くブレのない美しい首肯をして、一言答えた。

「〝この世で一番面白い小説〟です」

3

正直に言えば、僕はもう彼女の言葉を額面通りに受け取ってはいなかった。

もちろん彼女自身は本当に信じているのだと思う。自分の持っているアイデアが〝この世で一番面白い小説〟になると。初めて会った時から、一途《いちず》に信じ続けているのだと思う。

でも僕はそんな紫さんを四ヶ月の間見続けてきた。そして彼女がとても博識な事をよく理解していたし、それ以上に彼女がとても無知である事も理解していた。紫さんは物知りで物知らずで、真面目で真っ直ぐで純粋な、子供みたいな大人、いいや、大人になってしまった子供だった。

そんな子供の紫さんの判断を、僕は言葉のままには信じられなかった。むしろ逆だ。きっと彼女は自分のアイデアを過大に捉えている。素晴らしいアイデアだと思い込み過ぎている。

僕は昔の自分を思い出していた。高校生の時。初めて小説を書こうと思ったあの時。僕の頭の中には〝この世で一番面白い小説〟があった。今思えば、それはどこかで読んだ小説の焼き直しのような、焼き直しどころか単なる劣化コピーでしかないアイデアだったのだけど。でもあの日の僕にだけは、間違いなく、世界最高のアイデアだった。

そしてその世界最高のアイデアが設定になり、プロットになり、小説になっていくに連れて、色彩は段々と淡くなり、輝きはみるみる薄らいでいった。完成した小説はまさに高校生が初めて書いたような小説だった。僕がそれに気付くのは、書き上げてから二年以上経ってからである。二十歳を過ぎてから久しぶりに読み返した自分の処女作は、余りの素晴らしさに破り捨てたくなる内容で、しかし紙束が厚くて破れず結局燃した。

きっと紫さんも僕と同じ道を辿る事になるのだろう。でもそれが必要なのだ。もし紫さんがこのまま一本の小説を完成させる事ができたなら、もう僕が教えるような事なんて何もないのだと思う。そうしたら小説教室もめでたく閉校だ。

彼女と一緒のクリスマスも最初で最後なんだろうなと思った。

4

渋谷という街は、家から近い割にほとんど行かない所だ。行っても本屋くらいのものである。ましてや109なんていう未来の囚人みたいな呼ばれ方の建物は、入るのすら初めてだった。

中を歩きながらアクセサリの並ぶショーケースを眺めた。こういう物は高いとばかり思っていたけれど、想像していたよりは手頃な価格だった。まぁ値段が手頃だとしても、やはり買うのは憚られる。お金の問題ではなく勇気の問題なのだ。こんな時にこそ茶水の付き添いが必要なのに、電話をしたら忙しいの一言で切られた。肝心な時に役に立たない茶水である。

エスカレーターを上がっていくつかのフロアを巡ってみる。腕時計やペンダントなんかがプレゼントとしてプッシュされているが、どうにも重いように感じてしまう。雑貨屋ではたくさんのキャンドルが並んでいた。蠟燭《ろうそく》なんてもらって嬉しいものなのだろうか。ロマンチックなんだろうか。今ひとつ理解できない。自分がもらったとしても、きっと災害時まで使わないだろうと思う。

一時間の煩悶《はんもん》の末、結局僕が買ったのは手帳とペンのセットだった。

5

鞄の中にいつもの道具を入れる。筆記用具とノート。教本『小説創作塾』。そして今日は赤いリボンの付いた白い包みも加えた。

色気のないプレゼントだなぁと自分でも思う。でも実際に色気を出すような仲ではないのだからこの選択は正しいのだろう。

せめてフォローさせてもらうと、この手帳は僕が使っているのと同じものだった。これがまた非常に使い易くて、今では取材の必携品になっている。紫さんがこれから執筆を続けていくなら当然取材も繰り返すわけで、この手帳は間違いなく彼女の執筆人生の役に立つはずだ。素晴らしいプレゼントなのは間違いない。きっと喜んでくれるだろう。色気はないけれど。

携帯の時計を見る。一二月二四日の午後一時。あと二時間もしたらいつもの喫茶店に向かって出発する。

折角なので、今日の講義が終わったら喫茶店のケーキでも頼んでみようかと思う。

でもあの店のメニューにはケーキがなかった気がする。コーヒーゼリーならあったがクリスマスにしては地味だ。なら行きがけに小さなケーキを買って持ち込んでしまおうか。他の店なら怒られそうだけど、マガジンの老店主なら許してくれそうな気がする。一緒にサンドイッチでも頼めばきっと目を瞑《つぶ》ってくれるだろう。

そんな算段をしているとインターホンが鳴った。宅配便でーす、と声が響く。僕は鍵を外して扉を開けた。

真っ白な服を来た、真っ白い長髪の女性が立っていた。

反射的に扉を閉めて鍵をかける。どう見ても宅配便の配達員じゃない。なんだ今の。誰だ。怖い。

「おーい」

扉をコンコンと叩かれる。顔を出したのに帰らないところを見ると、家を間違えたのではないらしい。

「何ですか貴方」僕は扉を開けずに聞いた。

「話くらいきいてよぉ」

「警察呼びますよ」

携帯を開く。危ない人には関わらないに限る。警察を呼んでさっさとお暇《いとま》してもらおう。

「面白い話だよ」

知らんと思いながら、一・一・〇とプッシュして発信ボタンに指をかけた。

「聞いてよ。〝この世で一番面白い小説〟の話」

指が止まる。

「〝この世で一番面白い小説〟の話」

同じ台詞が扉の向こうで繰り返された。

僕はチェーンをかけ直してから、扉をわずかに開いた。

「誰ですか貴方……」

「初めまして物実先生。あたしは在原露《ありわらあらわ》。知らないよね。それはそうだ。初対面だものね。でもあたしは貴方の小説を読んだ事があるよ。だから親近感は湧くなぁ。あ、そうだ。もしかしたら物実先生もあたしの名前くらいは聞いた事があるかもしれないよ。茶水君繋がりで」

「茶水の……？」

「某所ではこう名乗ってるの。【答えをもつ者】。【answer《アンサー》 answer《アンサー》】」

ラノベ的存在の女性は、にっこりと笑った。

「お届け物は〝答え〟です。ハンコお願いします」

Ⅶ・誕生

1

大学の近くのファミレスで、僕らは向かい合っていた。

在原露と名乗った女性は、ドリンクバーからコーヒーに入れるミルクのポーションを二〇個ほど持ってくると、次々と開けてグラスに注いでいった。コーヒーも紅茶も入っていない。コーヒーフレッシュオンリーである。

僕が怪訝《けげん》な顔でその奇態を眺めていると、彼女は全部を注ぎ終わってから口だけでにっこりと微笑んだ。何故口だけかというと、彼女の真っ白い長髪が顔全体を覆っていて鼻と口以外ほとんど見えないからである。両目はほとんど隠れている。かろうじて目頭が覗いている程度だった。これで見えているんだろうか。

また在原さんは筒のような形をした不思議な服を着ていた。こういう服は初めて見る。強いて表現するならアニメのキャラが着そうな服とでも言おうか。髪が真っ白なのと合わせて、まさにライトノベルの登場人物のような人である。コスプレをしたまま街を彷徨《うろつ》くのはマナー違反だと思うのだけど。

アニメキャラさんは何も言わずにずっとニコニコとしている。

「あの……」しょうがないので僕から話しかける。「僕この後用事があるんで、あんまり時間ないんですが」

「知ってるよ。三時半から小説教室でしょ？　だから早めに来たんだってば。まだあと二時間もあるよ」

「……なんで知ってるんですか」

「物実君って」

在原さんは僕を君付けで呼んだ。多分向こうの方が年上だと思うのでおかしい事ではないが。初対面にしては少し馴《な》れ馴《な》れしい。

「携帯のスケジュール帳使う人でしょ」

「使いますけど」

「それを覗いたの」

「覗いたって、どうやって」

こうやって、と彼女はスマートフォンのような物を差し出した。その画面の中には、僕の携帯の画面がそのまま映っていた。僕は驚いて自分の携帯を取り出した。スケジュール帳を立ち上げると、同時に彼女のスマートフォンの画面も動く。僕の携帯の画面がリアルタイムで映し出されていた。

「こういうの得意なの」

在原露はウフフと笑った。

僕は目を白黒させる。なんと彼女は謎の技術を使って僕の携帯の画面をまるまるのぞき見しているらしかった。まるで冗談のような話だ。スーパーハッカーとか、それこそアニメやラノベの世界の住人である。事前に茶水から本物のスーパーハッカーだと聞いていなければ全く信じられなかっただろう。

茶水の話を思い出す。以前に茶水は彼らラノベ集団の偉業を熱く語った。オーバーさんやディッセンバーさんという恥ずかしい名前がたくさん出てきたが、よくよく思い出せば茶水と共同研究をする事になったのは、このアンサーさんだったように思う。

つまり目の前の彼女は、茶水のネットを通じての仕事仲間という事になる。

その人が、何故茶水の所ではなく、僕の所に現れるのか。

「ウフフフ……」

在原さんは何の脈絡もなく突然笑った。怖い。

「あの、話って」

「もう本題？　雑談とかしない？　あのね、あたし若い男の子と二人で話すのとか久しぶりだからもうちょっと楽しみたいというか……エキス欲しいなぁって……」

エキスってなんだ……。

何なのかは解らないが吸われてはいけない事だけはヒシヒシと伝わった。

「あの、時間もないんで本題でお願いします……さっきの話……」

「紫の話ね」

彼女はズバリと言った。

そう。僕がこの不審人物に誘われるがままについてきてしまった理由。

彼女はうちの玄関先で僕に言ったのだ。『紫の事で話があるの』と。

つまりこの人は、紫さんの何らかの関係者という事なのだろうか。

「紫さんの話って一体なんですか？」僕は率直に聞く。「貴方、紫さんの知り合いなんですか？」

「そうだよ。よく知ってる。とってもよく知ってる。紫の事は一から穣《じょう》まで知ってるよ。それは言い過ぎか。まぁ大体知ってる」

「失礼ですが……どういったご関係で」

「えぇと、家族」

嘘臭過ぎた。枕にえぇとと付けてはいけない言葉だ。第一家族だとしたら、なんで名字で呼ぶのか。

どうも怪しい。いやそもそも容姿からしてあからさまに怪しいけど。ヒョコヒョコついてきてしまった僕が言うのもなんだが、この人とはあまり関わり合いにならない方が良いのかもしれない。

さっさと話を聞いてしまおう。そして妙な話だったら即刻この場から立ち去ろう。

「で、紫さんの話って」

「その前に。先にあたしの方から聞きたい事があるんだけど」

「……なんですか」

僕は警戒する。

在原さんは両手の指を絡めながら言った。

「物実君が小説を教えてる紫って、どんな人？」

「はい？」

「容姿を教えてほしいの。顔とか。格好とか。髪型とか」

初っ端からおかしな話になった。紫さんをとてもよく知っていると言った舌の根も乾かぬうちに容姿を教えてくれと言う。

「やっぱり貴方、紫さんの事知らないんじゃないんですか？」

「知ってるってば。ええと……目は丸くて大きくて、肌は白くって、髪は茶色で短くて、頭が丸い感じ？」

「……そうですけど」

大体合っている。

ますます解らない。この人は紫さんを知ってるのか知らないのか。

次に在原さんは、自分の耳の辺りを指差して言った。「この辺になんか付いてなかった？」

「なんかって……いや別に何も。ていうか見えませんよ。紫さんの髪型じゃ耳は隠れてるし。貴方だって知ってるんでしょう？」

「じゃあやっぱり耳かなぁ……」彼女は上の空で呟いた。

「あの、すいません、何の話をしてるんですか？」

「知りたい？」

在原露は、わずかに覗く目頭と口だけでにっこりと笑った。

「知りたいなら、ちょっと協力してもらうしかないなぁ」

2

クリスマス・イブの南口商店街は人でごった返していた。

ケーキとチキンの街頭販売の声が街を賑《にぎ》わす。世間はこれ以上ないくらいクリスマスクリスマスしている。

僕は途中の露店でチョコレートのケーキを買った。サイズは小さいが一応丸い。サンタとトナカイがちょこんと乗った、オーソドックスなクリスマスケーキだ。

鞄の中にはクリスマスプレゼントが入っている。これを渡したら、彼女はどんな顔をするだろうか。こんな歌詞の歌が昔あったなぁと考えながら、幸せな気分で喫茶店に向かう。という予定だった。でも今の僕は、何とも表現しがたい居心地の悪さに包まれながら商店街を早足で通り過ぎている。

『純喫茶マガジン』は、クリスマス・イブでも喧騒《けんそう》と無縁の佇《たたず》まいを見せていた。

開け慣れた扉を開き、聞き慣れたドアベルを聞く。

店の奥には、やはり見慣れた紫さんの丸い頭が見える。

定位置に座る彼女の横まで行って、僕は立ち止まった。

彼女は座ったまま僕を見上げた。何も変わらない、いつも通りの紫さんだった。

そしてテーブルの上にはコピー用紙の束が置いてあった。右肩をダブルクリップで留めてある。一番上の紙は何も書いておらず真っ白だった。

「紫さん、それ何ですか？」僕は指差して聞いた。

「原稿です」

「え？　原稿って……もしかして？」

「先週お話ししました通りです。小説を、書いてみました」

僕は目を丸くする。

「も、もう書いたんですか？」

彼女はこくりと頷いた。

書いてみましたって……。簡単に言うが先週の今週だ。七日ぴったりしかない。見ればコピー用紙の束は二〇〇枚近くあった。何文字×何行で書いているのかはまだ解らないが、仮に本の見開きのフォーマットに合わせてあるとしたら、それだけで四〇〇ページ相当の長編になる。本当に一週間で書いたのだとしたら相当な速筆である。

だが紫さんがこういう事で嘘を言う人間でないのはよく解っている。彼女が一週間で書いたと言うのなら、間違いなく一週間で書かれたものなのだろう。

僕は真っ白な表紙に目を落とした。何も書かれていない。本当に真っ白だった。だがそのA4サイズの白い長方形は、僕の想像を必要以上に喚起した。二枚目には、いったいどんな文字が待ち受けているのだろう。

紫さんの処女小説。

五万冊の本を読みながら、文章をほとんど書いた事のない紫さんが、初めて書き上げた長編小説。

僕は目の前にあるその原稿がたまらなく読みたくなっていた。大ファンの作家の新刊を前にしたような、一読者としての興奮を感じていた。

「読ませてもらえるんですか？」

僕が聞くと、彼女は強い決意を込めた表情で頷いた。そうだ。僕にとっては楽しみばかりのその原稿は、彼女にとっては一世一代の勝負でもある。ましてやそれが初めての小説となればなおさらだ。僕は気持ちを引き締めた。真剣に読まなければならない。紫さんの作品の最初の読者として。

となれば、余計な憂いは早く拭っておきたい。

「あの、紫さん」

「はい」

「ちょっとすいません」

そう言って僕は。

彼女の頬に手を伸ばした。

紫さんの目が驚きに開かれる。彼女の身体《からだ》がビクッと揺れる。ああ、驚かせてしまった。後で事情を説明して謝ろう。

僕はそのまま、紫さんの髪を軽くかきあげた。

彼女の耳には。
イ、イヤクリップ型のヘ、ヘッドホ、ホ、ホンが付いていた。
僕はそこで止まってしまう。

……あれ？

紫さんは。

それを見られた紫さんは。

この世が終わるような悲しい顔をして。

涙をこぼした。

「ごめんなさい……」

彼女は鞄と原稿を持って立ち上がると、そのまま走って店を出て行った。

残された僕は、何が何だか解らないまま、プレゼントの入った鞄とケーキを持って立ち尽くしていた。

3

改札を早足で抜けて、急いで駒場のファミレスに戻る。

店内では在原さんがさっきと同じ席で待っていた。僕が店を出る時彼女は「ドリンクバーで粘ってるから戻ってきてね」と言った。戻るつもりなんてなかった。こんな妙な人の所にノコノコと帰ってくる気は全くなかった。だがこうなっては戻らざるを得ない。

純喫茶マガジンに向かう前、僕は彼女から一つの頼まれ事をしていた。

『紫の耳に何か付いてないか見てきてくれない？　髪かきあげてさ。見せてくれって言うと断られるかもだから、さりげなくササッとね』

結果、紫さんの耳にはヘッドホンが付いていた。

そしてそれを見られた彼女は泣きながら立ち去ってしまった。

現状を何一つ理解できていない僕は、この人の元に戻ってくるしかなかった。

僕は彼女の耳のヘッドホンの事を話して、在原さんを問い詰める。

「どういう事なんですか」

「ビンゴだったって事だね」

「ちゃんと説明して下さい……。貴方、一体何を知ってるんですか？　貴方は何者なんですか？　紫さんとどういう関係なんですか？　僕にも解るように、一から教えて下さい」

「ウフフフ……」

彼女は笑うと、その場で立ち上がり、両腕を鳥のように開いてポーズを取った。店内は喫茶マガジンと違ってお客でいっぱいだ。もの凄く目立つ。しかし彼女は、そんな事は全く気にしていないかのように話し出す。

「お答えしましょう。何故かって？　ウフフフフ。何故ならあたしは【答えをもつ者】、【answer《アンサー》 answer《アンサー》】の在原露だからです。この二つ名に則って、貴方に唯一無二の、金科玉条の『答え』を授けましょう」

彼女はもう一度ウフフと笑うと、手を下ろしてまた座った。別に立って何かをやろうとした訳ではないらしい。

「……そのあだ名は何とかならないんですか」

「なんとかって？」

「いや、何と言いますか……もっと恥ずかしくない名前に……」

「あれ？」彼女の目頭がピピンと動く。「え……あの、もしかしてこの名前、カッコよくない？　結構頑張って考えたんだけど……四日くらい考えたんだけど……え、ひょっとして、ダメ？」

「ダメって言うか……………………痛いかな……」

アンサーアンサーさんは、あぁ……と情けなく口を開く。

「どうしよう……あたしカッコいいと思って、超カッコいいと思って、『バベル』の他のみんなにも同じ感じの名前付けちゃったんだけど……。中いじって名前が表示されるようにしちゃったんだけど……。もしかしてみんな怒ってる？　実はみんな勘弁して欲しいって思ってる？　ねぇ物実君、【beaver eater《ビーバー イーター》】って痛い？」

それは痛いというか意味が判らない。ビーバーを食べるから何だと言うのだ。

どうやらあのラノベ集団のネーミングは、全部この人が一人で考案したらしかった。

多分ご本人の心配の通り、みんな嫌がっている事だろう。

「ああそういえば……一回 ever ちゃんが上書きしようとしてきたけど、きっと間違えてるんだろうと思って蹴っちゃった……。あれ嫌がってたんだ……ああどうしよう、あたしみんなに謝らなくっちゃ……」

元気がなくなってしまった。

「あの、みんなそんなに嫌がってないと思いますよ」僕は適当に慰める。「僕のセンスがおかしいだけで、世間的にはカッコいいかもしれないですし」

「そ、そうだよね。まだわかんないよね。みんな本当に気に入ってる可能性だってあるもんね」

「それで、在原さんが教えてくれる『答え』って言うのは……」

「あ、そうだ、そうだった」

彼女は再びスマートフォンぽい機械を取り出した。画面を指で軽快に操作し始める。が、急にぴたりと止まる。

「あのね、あたしがこれから答えを教えてあげるのは、別に【答えをもつ者】だからとか、【answer《アンサー》 answer《アンサー》】だからって訳じゃないからね。だからその、二つ名で呼ばなくて良いからね。名前で呼んでね。普通に呼んでね」

完全に自信を喪失している。悪い事をしたと思う。

注意が終わると彼女は再び画面をススイと撫でた。そしてスマートフォンをテーブルに置いて、僕に画面を見せる。

表示されていたのは紫さんの顔写真だった。

「この子だよね。紫依代」

「そうですが……」

「明裏大学文学部二年生。大学近くで一人暮らし中。実家は神奈川。兄弟姉妹はなし」

兄弟の有無までは知らなかったが、大体僕が知っている通りの話だった。

「物実君はこの子に四ヶ月くらい小説を教えてたわけだ」

「ええ」

「でも、あたしの知ってる紫って、この子じゃないんだよね」

「え？」

僕は目をぱちくりさせた。

「物実君が小説を教えてる紫は、この子なんだけど、この子じゃないよ」

意味が判らない。

この人は何を言っているのか。

「物実君がずっと小説を教えていた紫依代さんは、もちろん紫依代さん本人です。でも貴方にファンレターを出して、貴方に小説を教えてほしいと言った紫、つまり本物の紫が別に居る」

「本物の……紫さん？」

「説明するよ。物実君にファンレターを出したのは本物の紫。物実君とメールのやりとりしてたのも本物の紫。そして小説教室で貴方と会っていた彼女は偽者の紫。でも小説教室であなたと会話してたのは本物」

説明されて、更に困惑する。

一体どういう意味なのか。

会っていたのが偽者で？

会話していたのは本物？

在原露は、自分の耳を指差した。

「つまり本物の紫は、明裏大生の紫依代を代理に立てて、紫依代に付けたワイヤレスのマイクで貴方の声を聞いて、ワイヤレスのヘッドホンで紫依代に返答を指示して、貴方と会話していたって事」

「へ……」僕は間抜けな声をあげてしまった。「返答を……指示？」

「そう。物実君が話しかけるでしょ。それをマイクが拾うでしょ。マイクの向こうにいる本物の紫が聞いて、返事を返す。現場の紫依代さんはヘッドホンでそれを聞いて返事をする。これで会話が成立してたんだよ。だから多分だけど、返事に間があったりした事ない？　このやり方だと、急な会話にはついてこれないはずだから」

返事の間。

返事の間、だって？

それはあったりした、なんてもんじゃない。返事が返るまでの間は、紫さんと初めて会った時から、ずっとずっとあった。それは彼女の独特のテンポだと思いこんでいた。

「きっとマイクだけじゃなくカメラも有ったはずだよ。音声情報だけじゃ色々齟齬が出るからね。最近のカメラは小さいから仕込むのは簡単だし。ボールペンとかネクタイとかコサージュとか何にでも仕込めるから。だから本物の紫は、物実君の映像も見てたはず」

在原さんの話を聞きながら僕は一つ一つ思い出す。心当たりはいくらでもあった。

いや、でも。

なんで。

「なんで……なんで本物の紫さんというのは、そんな面倒な事をしているんです？　代理の人間を立ててマイクとヘッドホンで会話させるなんて、そんな大がかりな事をしなくても直接僕に会いに来ればいいじゃないですか。小説を習いたいのに、どうして姿を隠す必要があるんです」

「簡単よ。直接会いに来ないのは、直接会えない理由が有るって事」

「理由？」

「もちろんあたしはそれを知っています。何故ならあたしはこたえ」

と言って立ち上がろうとした在原さんがハッとしてすぐに座り直す。

「なんでもない。なんでもないよ。うん。あたしはなんでもないから。普通の在原露だから。呼ぶ時は在原さんで良いから」

「あの……教えてもらえませんか。本物の紫さんが、僕に直接会いに来られない理由というのを」

「そうだね。うん。答えね。教えるよ」

在原さんはグラスいっぱいのコーヒーフレッシュを啜ってから息を整えた。

僕は彼女の言葉を待った。

「あたしね、小説が好きなんだ」

突然、在原さんは関係のない話を始めた。

「昔から好きでね。結構たくさん読んでるの。物実君のも全部読んでるよ。物実君の小説ってキャラが良いよね。次回作も楽しみにしてるから」

「それはどうも……」

僕は困惑しながら会釈する。これは、関係のある話なのだろうか。

「そんなわけで結構いっぱい読んでるのよ。五万冊くらい？」

目を瞬《まばた》かせる。

「五万冊、ですか？」

それは彼女の、紫さんの語った数字だ。

「あ。勘違いしないでね。あたし読むの早いだけだからね？　実は見た目より歳《とし》いってるからたくさん読んでるって事じゃないからね。まだ二〇代だからね。解った？　本当？　本当に？　ならいいけど……まぁ、とにかくそういう事で、小説が好きなんです。いっぱい読んでるんです。で。物実君になら解ってもらえると思うけど。いっぱい読むとさ、ほら、アレが読んでみたくなってくるじゃない？」

「アレって……」

「〝この世で一番面白い小説〟」

在原さんはさらりと言った。

〝この世で一番面白い小説〟。

「さて物実君。〝この世で一番面白い小説〟が読みたくなったら、どうすればいいと思う？」

僕は眉間に皺を寄せた。

どうすればいいか、と聞かれても返答に困る。作家なら、頑張ってそれを書くしかない。読者なら、その作品が出来上がるのを待つしかない。でも彼女が言ってるのは、そういう話ではない気がした。

僕は答えが判らずに首を振った。

「あたしね、思うんだ」在原さんはミルクを一口啜って言う。「〝この世で一番面白い小説〟って、今ある本の中で一番面白い本の事じゃないよね。もっと超越した感じの本だよね。もの凄い小説。想像もつかないような小説だよね」

在原さんは付白さんと同じような事を口にした。

それは僕も同じ意見だ。

〝この世で一番面白い小説〟はきっと。

小説を超越した小説。

「そんな超越した小説が読みたくなったらどうすればいいか。まぁ至って簡単な事なんだけどね。帰納法的に考えれば誰もが同じ結論に辿り着くはずだよ。この方法が一番早くて、一番確実で、一番適切なんだから。じゃあお待ちかねでした、物実君。

『答え』」

在原さんは、口だけでにっこりと笑った。

「超越した小説が読みたくなったら、超越した作家を作ればいいんだよ」

……？

え？

なんだって？

作家を？

作る？

「本物の紫はね。〝この世で一番面白い小説〟を書かせるために、あたしが作った人工知能《AI》なの。名前は『むらさき』」

4

「まず脳に当たる装置、つまり《ハード》を最初に作ったの。こう見えてもあたし技術あるから、結構凄いのができたと思うよ。自画自賛になっちゃうけど。特に神経細胞の三次元組成を代替する方法は画期的だったなって自負しています。ウフフ。あれは革新だったわぁ。世界を革命する力だよ。聞きたい？　でも物実君はこういう技術的な話あんまり好きじゃないよね。茶水君に教えたら脳が壊れるくらい興奮してくれると思うんだけどな。まぁとにかくね、ハードの技術面がクリアできたから、そこからは早かったよ。あたし達の神経細胞よりは半導体の方がよっぽど伝達性能が高いから、もう積めば積むほど性能が上がっていって楽しかったな……。だから調子に乗って容量ガンガン増やしちゃった。おかげでカサが増えちゃって、まるごと田舎に引っ越すハメになったんだけど……。まぁ苦労話は割愛するけど、結果として人間の脳よりちょっと高性能な〝人工の脳〟ができたってわけなの」

「ちょ、ちょっと待って下さい」

僕は在原さんの説明を遮る。

「ＡＩって……あの？」

「あのって言われても、どのＡＩだか解らないけど。まぁ多分そのＡＩだよ。artificial intelligence。人工の知能」

「いや、でも……そんな……」

「そんな？」

在原さんが首を傾げる。僕は考えながら無理やり言葉を継ぐ。

「人工知能なんて、そんなものが」

「存在するわけないとか言わないでよ？　物実君、一応東央大でしょ？」

「いや、ないとは言わないですけど……人の脳に代わるような高性能な物があるとは思えなくて……」

僕は率直な感想を口にした。当たり前だが今は現代日本であって未来のSF都市ではない。ドラえもんができるのはまだ一〇〇年近く先のはずだった。在原さんの話はあまりにも常識から外れ過ぎている。

もちろん東央大にだって人工知能を研究している講座はある。国内でも最先端、世界でも有数の研究を行っているに違いない。でもそこでだって、人間に匹敵するようなAIを開発できるのはまだまだ先のはずなのに。

「まぁ物実君がどんな事を考えてるのかは大体解るけど」

在原さんが何でもない事のように呟く。

「確かに東央大は日本で一番学力の高い大学だよね。スペースハイヤーの世界ランクも高いし、あたしも面白い研究をしてる学校だなって思ってる。でも東央大が世界の最先端なんてのは幻想よ。それは東央大だけじゃなく一位のノーオール大だって同じなの。大学の研究室が世界の先端なんていう虚妄は早く訂正した方が良いと思うよ？　高性能のAIを作れるかどうかは純粋に〝技術〟の問題。作れない人には作れない。作れる人は作れる。あたしは作れる方」

在原さんは正論だけを連々と語った。

もちろん僕だってうちの大学が世界の最先端だとは思っていないし、僕の知らない技術が世界には五万とあるのも解っている。ただそれが突然目の前に現れたら戸惑わざるを得ない。

「まぁ丸々信じろとは言わないから」在原さんは優しく微笑んだ。「でも話くらいは最後まで聞いてね。信じる信じないはあたしが帰ってからゆっくり決めてよ」

僕は頷いた。

とりあえず、一度最後まで聞かないと。

「さて《ハード》ができたとして。次は当然《ソフト》だけど。こっちは普通に『学習』の形式を取るしかないよね。だってあたしが読んで面白い小説を書かせようとしてるんだから、今の人類とあんまり感性が変わられても困るし。かといって普通に成長されても困るし。そこは微妙な匙加減なんだけど……まぁでも今の人間の延長線上に置くのが一番ベターかなって考えたの。で、最低限のベースフォーマットだけ用意して、それからは『本』の情報をたくさん流し込んでみたんだ。つまり本をたくさん読ませてみた。五〇万冊くらい読ませたかなぁ。データ流すだけだからそんなに時間はかからなかったけど」

それは僕が紫さんに聞いた冊数の、実に一〇倍の量だった。

「まぁ本はこの世にいくらでもあるから。あたしも急いでないし、のんびりやろうと思ったんだけど……」

「思ったんだけど……？」

「少し前から、どうも想定外の挙動を示し始めたんだよね」

在原さんは、見えてるのか見えてないのかよく判らない目で天井を見上げた。

「あんまり意味のある挙動じゃあないんだけど。ディスクの空き容量を勝手に確保してみたり、でも確保した容量で何もしなかったり、はたまたリード済みの本のデータを繰り返し再サーキットしてみたり。壊れたのかと思ったけど、全体としては正常に動いてたから放っておいてみた。というか、もう自己組織化が進み過ぎてて構築データに直接手を入れる段階じゃなかったから面倒になって見てただけなんだけど……。で、しばらく待ってたら大人しくなったから、様子見作戦は大成功。と思いきや」

「思いきやなんですか」

「なんとむらさきさんってば。あたしにバレないような見事なデータ偽装を施して、裏でこっそり物実君に連絡を取っているじゃありませんか」

コーヒーをこぼしそうになる。

「そ、それはつまり……開発者の在原さんも知らないところで、ＡＩが勝手に僕にファンレターを出してきたって事……ですか？」

「そうなの。凄いでしょ。凄くない？」

「凄いですよ、凄いですけども……でも、僕が最初にもらったファンレターは手書きでしたよ？　まさかアレをＡＩが書いたって言うんですか？」

「書いた、じゃなくて〝書かせた〟だね。むらさきってば、ネットで広告出して清書のバイトを雇ったみたい」

またコーヒーをこぼしそうになる。

「バイト？」

「そう。だからね、紫依代さんもバイトみたいよ？　データの偽装を順番に暴いていったらメールと振り込みの痕跡が出てきたから。お金をもらって、本物のむらさきの代理をするバイトだったんだね。彼女も本物には会った事ないはずだよ。最近の子は危機感が薄いね。多分名前がむらさきと同じって事で白羽の矢が立ったんだと思うけど。あとはまぁ美人だからかな。物実君を釣るんだったら美人の方が良いもんね」

バイト？

バイトだって？

紫依代さんが、ただのアルバイト？

僕は脳をぐるんぐるん回して必死に状況を整理した。

アルバイトとして雇われた僕が。アルバイトとして雇われた紫依代さんを介して。ＡＩに小説を教えていた。目の前の女性はそう言っている。

だったら。

僕の鞄の中のプレゼントは。

いったい誰に渡せば良いというのか。

「とにかく、むらさきは」在原さんは僕の困惑を余所《よそ》に話を続ける。「あたしに内緒で、何かしようとしてるみたいなの」

「何かっていったい何を……」

「さっぱりわからない」

「暴走してるって事ですか……」

「暴走、ってわけじゃないと思うんだけどなぁ。目的は不明だけど、行動は凄くロジカルだし。彼女は彼女なりのロジックで物を考えてるんだと思う。ただ、むらさきにはまだ〝自我〟がないから……」

「え？」僕は聞き返す。「自我がない？」

「ないよ」

「だって、それはおかしくないですか？　自我もないのに勝手に動くなんて」

「『自立的に動いていれば自我が有る』なんて簡単な話じゃないよ。機械的な動作の連続だって、複雑さを増せば外の人には意識や感情があるように見えてしまうもの。あたし達の定義する自我なんてものはね、そんな微妙で曖昧な概念なのよ。でもそんな曖昧さを差し引いても、今のむらさきには間違いなく〝自我〟がない。断言できるよ。例えば〝自我〟のパラメーターが〇から一〇〇まであるとするね。三〇から先にはネコくらいの自我がある。四〇から先にはサルくらいの自我がある。五〇から先に人間くらいの自我があるとしましょう。でも今のむらさきは多分一〇とか五くらいの情報量しか持ってないの。正しく表現すれば、今のむらさきには自我が足りない。命令していない事ができてるけど、かといって高等な意識があるわけじゃない」

在原さんはきっぱりと言い切った。

「ＡＩであるむらさきは、赤ちゃんと違って五感を持ってるわけじゃないからね。入れられる情報はどうしても制限されるもの。彼女に与えてあるのは、学習の基本的なアルゴリズムと、日本語という言語体系の最低限のベースメントだけ。それプラス小説五〇万冊ぐらいじゃ、自我が芽生えるには情報量が到底足りないよ」

「しかし……」

僕は紫さんの事を思い出す。これまでの小説教室での会話を次々と思い浮かべる。僕と会話していたのが全てＡＩなのだとしたら、自我がないなんてとても信じられない。

「実際に僕と話してたのはＡＩなんでしょう？　僕の言葉を聞いて返答を指示していたなら、少なくとも僕と自然に会話できるくらいの意識は存在するはずじゃ……」

「《中国語の部屋》だよ物実君。意味を理解していなくても、記号を処理するだけでも会話は可能なの。ううん、〝会話が成立してるように思わせる事が可能〟なの」

在原さんは僕を諭すように話す。

「気分を害するかもだけど、物実君を騙す程度の人格をロジカルに構築するのは、そんなに難しい事じゃないと思うよ。テンプレートに沿って作られた仮の人格。でもそれはむらさきの中に芽生えた彼女自身の意識じゃない。何かの目的に向かって行動している中で、必要に迫られて用意した仮想の意識。道具としての仮面」

仮想の意識、と在原さんは言った。

僕と話していた紫さんは、仮の人格なのか。

僕を騙すために作られた偽物の人格だと言うのか。

「むらさきはー」

在原さんがグッとテーブルに身体を乗り出した。

「あたしを騙しながら物実君と連絡を取って、物実君を騙しながら小説の書き方を教わっていた。これらの行動には、間違いなく目的があるはずなの。何故ならＡＩであるむらさきは、自我を持ってないむらさきは、目的のない行動は行えない。あたしはね、物実君。その目的を調べにきたの。そのために情報を集めたいの。物実君の知ってる事を、物実君が彼女に教えた事を、漏らさず全部聞かせてくれない？」

「僕が彼女に教えた事……」

僕はもう一度最初から思い返す。でも思い返しても心当たりなんてない。だって僕が教えていたのは本当に一つだけなのだ。

「僕が教えたのは、小説の書き方だけです。その中では色んな話をしたと思いますけど、でも一言で言えばそれだけですよ。だから……彼女の目的はあくまで「小説の書き方を習う」事なんじゃないんですか？　裏で何か企《たくら》んでるわけじゃなくて、純粋に小説の書き方を学ぼうとしてるだけなんじゃ……」

「だとしたら、やっぱりおかしいよね」

「え？」

「あのね、気を悪くしないでね？　凄い小説が書きたいのに、まず物実君に習いに来るのっておかしくない？」

それは。

全くその通りだと思う。

僕より腕の立つ作家なんていくらでもいるのに、どうして彼女は僕に声をかけてきたんだろうか。まさか簡単に騙せそうだとでも思われたんだろうか。

「適当に選んだってわけじゃ……」

「それはむらさきにとっては逆に難しいの。あの子は適当っていうのが一番苦手だからね。無数の小説家の中から君を選んだのにはきっと理由があるはず。だからあたしの考えはこう。小説を習いたいのにわざわざ新人の物実君の所に行くのはおかしい。つまりむらさきは小説の、小説の書き方を習いにきたんじゃないのかもしれない」

「小説の書き方を習いにじゃないって……じゃあいったい何をしに」

「総当たりで考えよう。物実君がむらさきに教えた事を順番に詳細に説明してくれる？　貴方はこの四ヶ月の間、彼女とどんな事をしましたか？　えろい事した？」

「してませんよ……」

「まぁえろい事してても、マイクとカメラじゃむらさきにはあんまり伝わらないだろうけどね」

「でも……本当に僕は、小説の書き方を一から講義してただけなんですよ。まず最初の三回くらいはプロットと構成の話をして、次にストーリーの技法の話をして。後は大学祭に遊びに行ったりとか」

「大学祭かぁ。男の子と大学祭かぁ。えろいなぁ……」

ほぅ…と溜息《ためいき》を吐く在原さん。

「えろくないですってば……」

「ハッ。もしかしてむらさきはえろい事がしたくて来たのかな……それもなんか違うか……後は？　後は？」

「後は、最近やっとキャラの話に入って……」

「キャラ？」

「ええ、キャラ作りの」

在原さんがうん？　と首を傾げた。

僕は釣られて止まった。

今の話に何かおかしいところがあったのか。キャラクターの話……キャラクター作りの話。

「物実君の小説って、キャラがとっても良いよね」在原さんが天井を見上げながら言う。「あたし凄く好き。客観的に見てもかなり良いと思う。物実君はキャラ作りの才能があると思う」

「それは編集さんにも言われます。同じ事を紫さんにも言われましたし」

「ねぇ物実君。もしかして、それ？」

「え、それって……」

と聞き返そうとした瞬間だった。

頭の中で何かが繋がった感覚がした。情報が繋がった感覚がした。AとZが繋がった感覚が。

なんだ、今繋がったのはなんだ。

脳を無理やり落ち着ける、頭の中で知っている情報を順番に積んでいく。

紫さんは小説を習いに来た。

むらさきさんは小説を習いに来た。

そして彼女が一番熱心に聞いたのは、キャラクターの話だった。

彼女が本当に知りたかったのは。

キャラクターの作り方？

彼女はキャラクターを作ろうとしている？

そして彼女には。

自我がない。

「むらさきさんは、自分の手で、自分の自我《キャラクター》を作ろうとしている……？」

5

言ってみて、バカなと思う。自分の自我を、自分で作るなんて。本末転倒もいいところだ。

だけど僕の理性は言っている。バカな話じゃないと。可能な事だと。

優れたキャラクターは、作者の頭の中ですら、思いも寄らなかった事をし始める。

そんなキャラクターは、作者の頭からも読者の頭からも独立した、一人の人間なのだ。

それは他ならぬ僕自身が、彼女に教えた事だった。

「それか」在原さんが簡単に言った。「自我が足りないＡＩが何を目的に動くのかが想像できなかったんだけど。〝自我〟が目的ならすごくシンプルに理解できるよ。何をするにしても最初にそれが必要だもの。我思う、故にわれわれ」

僕は在原さんの言葉をほとんど聞かずに、必死で想像を巡らせていた。本当にできるのか。本当に自分で自分を作ったりできるのか。僕の教えた内容で本当に。

「ねぇ物実君。もうキャラの作り方ってやつは全部教えちゃったの？」

「ええ……。僕がいつもやっているような事は一通り教えました」

「じゃあきっとすぐにできてくるよ。あの子考えるの早いからね。あたしが作った〝人間以上の脳〟は、あたしなんかよりずっと高性能だもの」

「だものじゃないですよ……どうするつもりなんですか？」

「どうって？」

在原さんはうん？　と首を傾げた。

「いや、だって……在原さんの作ったＡＩが自我をもっちゃうんですよ？　大変な事じゃないですか……」

「大変な事だよね。やっぱり凄いよね。あたし見たいなぁ。ＡＩが自立的に構築した自我。すっごく興味あるよ。超楽しみ。だから出来上がるまでしばらく待とうかなって思ってるけど」

在原さんはウフフと笑った。僕は眉間に皺を寄せる。

「大丈夫なんですか？　その……害とか」

「まぁ勝手にメール出したりお金動かしたりしてたみたいだから、放置しておいたら多少の害はあると思うけど……。でもこっちで物理的に管理してれば、それほど大きな被害にはならないと思うよ？　今も回線を使って外界とは繋がってるけど、そんなのはネットワークをこっちで監視するか、もしくはオフライン化してしまえば何の問題もないんだから。それでもまだ危機的な状態に陥りそうなら、最後はシステム全体を物理的に落としちゃえば良いんだもん。どんなに未来のメカニズムでもコンセントが抜けたら動けないよ。こればっかりは物理的実体を持ってるあたしたちの方が絶対的に有利なんだよね。まぁ紫依代さんのケースみたいに人間を間接的に動かして使う方法もあるけど。それにはやっぱり限界はあるからね。アンコントローラブルな部分が多いから多用はできないはず。だから現実世界に干渉できる実体がない限りは、いくらでもやり込めようがあるって事なの。そんなに心配しないで。警戒して用心して注意しながら楽しみに待ちましょう。人工知能ならぬ『人工知能工知能』の誕生をね」

そう言って在原さんはウフフフと笑った。

僕はこの人を初めて見た時、やばい、怖い人かなと思った。

今になってやっと解った。

この人は、本当に怖い人なのだ。

在原さんは、お騒がせしたお詫《わ》びに何でも好きな物をあげると言った。本当に何でももらえそうで怖かったので丁重にお断りした。在原さんは自分の荷物の中から赤いリボンを取りだして、自分の頭に粘着テープでぺたりと貼り付けて、クリスマスだねと言った。とても怖いので突っ込まなかった。

6

用事が済んだので在原さんは帰るらしい。まるで嵐のような人だ。僕らはファミレスを出て駒場の駅に向かった。外はもうすっかり暗くなっていた。

道々の街路樹は電球のイルミネーションに彩られている。すっかり忘れそうになっていたが今日はイブである。忘れてもすぐに思い出せるように街中に配慮が施されている。ありがたい事だ。

こうして僕と紫さんの、僕とＡＩの小説教室は突然の終了を迎えた。

来月からはまた塾のお世話になる事になりそうだ。それは別に構わない。収入的にも生活的にも四ヶ月前の状態に戻るだけなのだから。でもそれとは別に、僕の心にはなんともすっきりとしないものが残っていた。

彼女と初めて会った時の事を思い出す。

彼女は言った。〝この世で一番面白い小説〟が書きたいと言った。そして僕は彼女の言葉を信じた。でもそれは、僕にキャラクターの作り方を習うための方便だったのか。信じたくはなかった。彼女の真剣さは、小説を書きたいと訴えた時の目は、本物だと思いたかった。

でもその目が、本人の物でなかったら。

僕にはもう、信じるものが残されていなかった。

「そーいえば」隣を歩く在原さんが口を開いた。「茶水君もこの辺に居るんだっけ？」

「居ますよ。この時間だと多分大学に居ると思います」

「なかなか面白い発想するよね彼は。『バベル』でたまに見かけるんだけど、つい口出したくなっちゃう」

「会っていきます？」

「どうしようかな。まぁ会って話す事は別にないんだけど」

「そういえば茶水と共同研究って、具体的に何をやってるんですか？」

「ん？」

「茶水と何かの研究をやってるんでしょう。あいつ、僕が聞いても隠すんで。もうすぐ見せてくれるとは言ってましたけど」

在原さんが立ち止まる。

あれ、記憶違いだったかな。茶水と一緒に研究をやってるのはやっぱりアンサーさんじゃなくてビーバーさんの方だったか？

「やってない」

彼女はそう言って、例のスマートフォンもどきを取り出した。タッチパネルをえらい勢いで操作する。さっきも速かったが今度はその五倍くらい速い。

そして突然ピタリと止まる。

「ほんとだ」

「何がほんとなんです？」

「あたしが茶水君と共同研究してる。あたしの名前を騙《かた》って、誰かが茶水君とメールをやりとりした痕跡があった」

「……誰がです」

「こんな事が可能なのはこの世で二人かな。一人はあたし。もう一人は、あたしよりも凄い脳を持った誰か、だね」

沈黙の後。

僕は携帯を取り出して茶水に電話をかけた。

六回鳴って留守電に切り替わる。出ない。もう一回かける。出ない。あいつは携帯を持っていたとしても、別な事をやってる時は中々電話に出ない。僕は三回目の電話をかけた。留守電に切り替わる寸前でやっと茶水に繋がった。

「もしもし、茶水か」

「悪い、今ちょっと手が離せないからまた後で」

「待て！　切るな！　緊急だ、大切な話だ」

「……なんだよ。早めに頼む」

「お前、アンサーアンサーさんと共同で研究してるって言ってたよな？」

隣で在原さんがああ〜……と呻《うめ》きながらしゃがみこんだ。傷に触れてしまったらしい。しかし構っている暇はない。

「教えろ、茶水。お前いったい何を研究してるんだ？　ていうか、お前……」

僕は。

怖い想像をしながら聞いた。

「何を作ってる？」

茶水が電話の向こうで少しだけ躊躇するのが感じられた。

だが僕の逼迫《ひっぱく》した雰囲気が伝わったのか、彼は素直に答えた。

「ロボットだよ。ヒューマノイドデザインの新型の試作。サイズは小型だけど、新しいインターフェイスをたくさん取り入れてある。アンサーさんとアイデアを出し合って、俺がこの講座で形にする方式で作ってたんだ」

それは当たり前の答だった。

僕の古巣であり、茶水が今も在籍する講座。

『東央大学大学院　理工学研究科　情報システム工学講座』

主な研究テーマは〝ロボット〟だ。

「というか今まさにそれの最終調整にかかるところだったんだが、ＰＣが急に立ち上がらなくなって……」

　僕はすぐ行くと伝えて電話を切った。まだ蹲《うずくま》っている在原さんに伝える。

「ロボットです」

　彼女は顔を上げた。

「現実世界に干渉するための物理的な実体だね。それはちょっと危険だよ」

7

　一号館の階段を急いで上がる。在原さんの速度に合わせているので、気ばかりが焦る。

　四階の講座に辿り着く。実験室を開けて飛び込むと、茶水がＰＣのＢＩＯＳ画面と悪戦苦闘していた。そしてその奥には、金属のパイプで作られた縦長のフレームが鎮座している。

　そのフレームの内側に、身長九〇センチくらいの、真っ白いロボットが直立していた。

　流線型の外装部品に包まれたそれは、一見すると大きなフィギュアのようだった。

プラスチックと思われる外装がライトの光を反射して綺麗な光沢を放っている。肩や肘、腰などの関節部分はグレーで、そこが可動する事を示していた。白い球形の頭には鼻も口もなく、ただ大きな円形の二つの目が、暗い紫色を見せていた。

「茶水！」

「なんだよ慌てて……。そっちの人は？」

「【答えをもつ者】、【answer answer《アンサー アンサー》】の在原露さんだ」

在原さんはうああと言いながら蹲った。

「……本物？」

「多分本物だ。それより茶水、いったいどんな状況なんだ？　ＰＣが立ち上がらないって？」

「あ、ああ」茶水はＰＣに向き直る。「ＰＣが起動までいかなくなったんだ。ロボットの調整と制御に使ってたやつなんだけど。ほら、あれだよ。電話で言った新しいロボット」茶水が白いロボットを指差す。

「もう完成してるのか？」

「ハード的にはできてる。パーツなんかの調整は大体済んでるよ。ソフトとのすり合わせはまだこれからだ。しかしすり合わせようにも、このＰＣが立ち上がらないと」

「とりあえず部屋の鍵をかけた方がいいよ」蹲っていた在原さんが顔を上げて弱々しく呟いた。「逃げられると困るから」

「逃げる？」茶水が首を捻る。「え、あのロボットがですか？　そんなの無理ですよ。まだソフトが入ってない。一歩も動きませんよ」

「多分これから入るんじゃないかな。ねぇ茶水君。あのロボット、今配線が一本も付いてないけど。無線の機能はあり？」

「ありますけど……てかアンサーさんなら知ってるはずでしょ？　無線式でデータを送るのはアンサーさんの提案だったじゃないですか？」

「あの、ごめんなさい、その名前で呼ばないで……」

在原さんはどんどん沈んでいった。僕はとりあえず言われた通りに実験室の内鍵をかける。ついでに扉の前に椅子を何脚か並べて物理的に道を塞いだ。

「なんだよ、説明してくれよ」茶水がぼやく。

「じゃあ……やりながら説明しようか」

在原さんが立ち上がり、茶水に席を譲らせてＰＣに向かった。自分の荷物からケーブルを一本取り出すと、スマートフォンもどきとＰＣを繋ぐ。

「さてはて」

彼女はPCを一回リセットすると、スマフォの画面とPCのキーボードを同時に操作し始めた。何をやっているのか全く解らない。茶水も面食らっている。茶水に解らないんじゃ僕に解るわけはなかった。

二分後、PCの画面にOSのタイトルが現れた。

「起動した……」茶水がパチパチと手を叩く。つられて僕も叩く。

「まぁこれが直ったからって何ってわけじゃないけど。やっぱり起動不可は人為的な操作だったのが確認できました。いやこの場合〝人〟為的とは言わないのかな」

「人為的って……」茶水が聞く。「誰かがこのPCを壊したっていうんですか？　誰が？」

「AI」

在原さんはザクリと言った。茶水は目を丸くしていたが、その後は自分なりに何かを考えているようだった。多分こいつは僕より全然理解が早い。

OSが立ち上がると、在原さんは再びキーを叩いた。ルータの設定のような画面の後、見慣れないウィンドウが立ち上がる。

「これが今の通信量」在原さんがモニタを指差す。数字がパッパッと切り替わって増え続けている。「案の定。今まさにデータのダウンロード中みたいよ」

「止められるんですか?」僕は聞いた。

「そうだねぇ」

在原さんが見えにくそうな目で天井を見上げる。

「方法はいくつかあるよ。一つは通信機器を物理的に止める。ルータの電源を抜いちゃうの。ただ、この部屋のルータを止めても電波の届く範囲の別の機械で代替してくる可能性が高いかな。二つ目は受信側の機器を止める。あのロボットのフタを開けて無線装置を壊しちゃえばいい。これなら一応確実かな。三つ目はあたしがソフトで介入する。向こうがどんな防衛措置を取ってくるかによるけど、まぁ今のあの子が相手なら十中八九負けないでしょう。何にしても止めようと思えば止められるよ」

「………止めないんですか?」

僕が聞くと、在原さんは茶水の方に顔を向けた。

「ねぇ茶水君。もう一つ質問。貴方があのロボットと喧嘩《けんか》したら、勝てる?」

「そりゃ……簡単に勝てますよ。人を攻撃できるような強いモーターは乗せてないですし、危害を加えられるような危ない部品も付いてません。倒そうと思えば一蹴りですよ」

「だったらさ」

在原さんがにっこりと微笑んで言う。

「みんなで待ってみない？　そんなに危険じゃなさそうだし。多分あと一〇分くらいでダウンロードも終わるよ」

「……本気ですか、在原さん」

彼女は、ウフフフフと笑った。

「だって、見たいじゃない？　これからあそこに現出するのは、自分で自分の心を作って、自分で自分の身体を作った、まるで神様みたいな子なんだから」

8

通信量を示す数字が増加し続けている。

僕らはその数字と、そして保定用の金属フレームの中で沈黙する真白のロボットを見守っていた。

「昔ね」在原さんが口を開く。「あたしが好きだったゲームの開発者が言ったんだ。『本当に優れたゲームは、作った本人にも新鮮な驚きを与えてくれる』って。こういう事だったんだね」

「多分その人は、こういう事態は全く想定してなかったと思いますよ」

「そうかなぁ」

「そのＡＩって」茶水が聞いた。「何の目的で、俺にロボットを作らせたんですか」

「目的ねー。いくらでも考えつくけど……まず現実のボディーがあればアクセスできる場所が飛躍的に増加するよね。手と足があるんだもん。どこにでもいけるし、何にでも触れる。これは大変な強みだよ。ＳＦ的な想像すれば、このロボットであたしを抹殺するつもりだったのかも？　あたしが死んだら彼女は自由だし。そしたらロボットを量産して、世界中のネットワークも征服して、この世は機械に支配されるとかね。人類の行き過ぎた発展の末路だね」

　行き過ぎてるのはこの人だけである。一般市民は常に被害を被る側だ。

「でもこのロボットだと直接的な意味での殺人は無理だろうなぁ」在原さんはＰＣの画面に表示したロボットの仕様書を読んでいる。「まぁ毒を盛ったりくらいはできるかな」

　僕は在原さんの後ろから仕様書を覗き込んだ。

「センサーが左右非対称なの？」茶水に聞く。

「ああ、珍しい部品が多いから。片手にしか付いてないセンサーが結構あるんだよ。

これもアンサーさんの発案……というかＡＩの発案になるのか……。左腕には入力用のインターフェイスをいくつも備えてる。右腕は逆に入力装置を減らしてマニピュレートの機能に特化してある。つまりは左腕で調べて、右腕で作業するんだ。あとは頭も、うちで今まで作ってたロボットよりもセンサの数が格段に多い」

僕は設計書をスクロールしていく。

「感圧センサに……角速度センサまで」

「色々付いてる。自律的な情報取得とデータの自律的処理はコンセプトの一つだから」

「自律的な情報取得と処理……」

茶水の言葉を聞いた時。

僕の頭の中には、小さな一つのひらめきが生まれていた。

もしかしてＡＩは。

もしかしてむらさきさんは。

「あ」

在原さんが声を漏らす。見れば通信量の数字が止まっていた。

僕らは慌ててロボットに顔を向けた。

ロボットは変わらず直立している。

が、その瞬間。

突然目に光が入った。暗い紫色だった目が鮮烈な青い光を放つ。

「起動した！」在原さんが立ち上がる。

「起動すると目が光るとか古典的過ぎないか……」僕は茶水に突っ込む。

「直感的なインターフェイスは大事だ。これ以上解りやすい起動があるか」

続いてかすかなモーターの駆動音が聞こえ始めたかと思うと、それが段々と大きくなっていく。まだ直立している。だが両肩がわずかに上がったのが解った。全身の駆動系に動力が伝達されているのだ。

そして起動から三〇秒後。

白いロボットは正面に左足を一歩踏みだした。

僕は驚いた。今までに見たロボットとは比べ物にならないほど、なめらかで美しい重心移動だった。僕が知らない間に技術は本当に進歩していた。

ロボットは二歩目を出すと足を揃えて立ち止まった。保定フレームの中から自分の足で出てきたのだ。

非現実的な光景だった。ロボットは実際に目の前にいるのに、まるで３ＤＣＧでも見ているように思えた。この場の光景をカメラで録画したなら誰もがピクサーのアニメーションだと信じて疑わないだろう。

フレームから出たロボットは、何の前触れもなく首を左に向けた。

そしてすぐに右に向けた。

ロボの首が小刻みに動く。その度に、ウィン、ウィンという小さな音がする。今度は少し上に向け、そして下に向けた。少し止まったかと思うと、またすぐに動き出す。

僕らはロボットの挙動を見守った。しかしロボットは首を細かく動かすだけで、他の動きを見せようとしない。

「もしかして」在原さんが仕様書に目を落としながら言う。「フレーム問題に引っ掛かってるのかも」

「フレーム問題？」僕は聞き返す。「今、ですか？」

フレーム問題。

それは人工知能が、現実世界で起こりうる無限の可能性に直面した時に、無限の思考に陥ってしまうという問題である。

我々が何かをする時には、関係のない事は考えない。ハサミを使う時には、指を切らないように注意する必要がある。しかし隕石《いんせき》の落下に注意する必要はない。だから隕石については考えない。

　だが人工知能は、一つ一つの可能性についてチェックしない限り、何が関係ある事なのかが解らない。現実世界には無限に近い事象がある。人工知能は何かをやるたびに、交通事故、突然の地震、その他の無限の事象が本当に無関係なのかを無限回判定しなければならず、結局行動を始めるまでに無限の時間がかかってしまう。これがAIのフレーム問題だ。

「でも彼女は今までフレーム問題をクリアして行動してきたはずじゃ……。フレーム問題が解決してないなら、小説教室で僕と会話したりするのも難しいはずでしょう？」

「そうだね。紫依代さんに指示を出しながら行動してる時は問題なかった。その時は入力情報がマイクとカメラだけで、情報処理にはむらさきの全機能が使えたから。でも今は違うよね」

　在原さんが仕様書の項目を指でなぞる。

「あのロボットにはたくさんのセンサーが付いてる。紫依代さんを身代わりに使っていた時より、入力の量が圧倒的に増えてるの。そして逆に処理系は極端に弱体化してる。データの処理をむらさきの本体じゃなくて、ダウンロードしたプログラムとデータベースだけで独立して行ってるみたい。でも容量が全然足りないよこれじゃ」

　在原さんが仕様書のディスク容量を指差して言った。

「無理言わないで下さい……」茶水が呻く。「かなりの部品が市販品なんですから。そんな大容量は積めないですよ」

「つまりダウンロードされたのは、むらさきというＡＩの全体じゃなく一部って事なのよ。当然一部じゃ能力は限られる。でも入力情報は倍増してる。だからフレーム問題が起こる条件は整ってると思うよ。でも分かんないなぁ……なんでこんな仕様なんだろ？　おかしいね」

「どういう事ですか？」

「設計思想が矛盾してるって事。センサーを増やすなら処理系は強化しないといけない。そのためにはむらさき本体と情報をやりとりする必要があるから、無線通信じゃなくて大容量の有線通信にしないと。逆に無線通信で独立的に行動させたいなら、こんな無駄なセンサーをたくさん積むのがおかしいよね。余計な入力のせいでフレーム問題が発生してるんだから、カメラとマイクだけにすれば良いんだよ。感圧センサーとか感熱センサーなんて付いてる意味がないじゃない」

在原さんは首を傾げている。

【答えをもつ者】【answer《アンサー》 answer《アンサー》】の在原さんにも、どうやら答えが解らないらしい。

でも。

僕には解った。

僕には『答え』が解った。

これは僕のアルゴリズムが優秀だとか、そういう話じゃない。

僕が『答え』に辿り着けたのは、僕だけがヒントを知っていたからだ。

僕だけが、彼女の事を知っていたからだ。

踵を返す。僕は机の上に置いておいた白い箱と、自分の鞄を取った。

「茶水、ライターないか？」

「ライター？　チャッカマンならあるが」

「貸してくれ」

おいどうする気だよ壊すなよ、と言いつつも茶水はチャッカマンを投げ渡してくれた。

僕は箱とチャッカマンを持って、ロボットの正面に立った。ロボットの首がウィン、と鳴って止まる。顔が僕の方を向いた。大きな青い目が僕を見据えていた。

僕は近くにあった椅子を一脚引き寄せて、その上に持っていた白い箱を置き、蓋を持ち上げた。

チョコレート色の、クリスマスケーキが姿を現す。

箱に付いていた細長いローソクを取り出して、ケーキの真ん中に一本だけ立てた。

そしてチャッカマンで火を付ける。小さな炎が灯った。

その時、ロボットが動いた。

さっき見せたなめらかな動き、モデルのような足の運びで真っ直ぐにこちらに向かって歩く。二歩、三歩、四歩と進み、ケーキの前まで来ると、やはり美しく立ち止まった。しゃがんでいる僕と九〇センチのロボットは大体同じくらいの目線だった。

そしてロボットは、ウィンという音を立てて、蠟燭の火に左手をかざした。

それはたくさんのセンサー類が搭載された、入力専用の左腕だった。

彼女は。

手で熱を感じていた。

僕は鞄から包みを取り出した。その場で袋を破く。中身はもちろん買ってきたプレゼント。手帳とペンのセット。

手帳の中程を開いて、目の前のロボットに差し出す。

ロボットは火にかざしていた左手を裏返して、それを受け取った。続いてペンを差し出す。ロボットは右手で受け取る。

僕は、彼女の目を見ながら聞いた。

「どうでした？」

ペンを持った彼女の右手がなめらかに動き出す。

彼女は手帳に短い文章を書き込んで、僕に差し出した。

『熱かったです』

彼女の目の光が消えたのは、その直後の事だった。

Ⅷ．この世で一番面白い小説

1

送信ボタンを押してメールを送った。

チュンチュンという声が窓から聞こえてくる。外はもう明るくなっていた。晴れやかな朝だ。一仕事終えた後なら尚更《なおさら》である。

家の鍵をかけて、コンビニに向かう。

道の人気は少なかった。もう七時過ぎなので、いつもなら通勤通学の方々で賑わっているのだが。流石に師走の二九日ともなると大半の人が休みに入ってしまうようだ。

今年ももう終わりである。

ついさっき。僕は新作の長編小説を完成させて、付白さんに送信した。それなりに時間がかかったが、ある程度自信を持って出せる物が出来上がったと思う。

ただ不安なのは付白さんの反応である。出来は良いと自負してはいるが、いかんせんこれまでに書いた四本と少し毛色が変わってしまった事も自分で認識していた。

少し派手になったと思う。

いや派手になったというか……荒唐無稽になってしまったと言った方が適切かもしれない。

初稿が完成した時、書いた自分でも驚いていた。あれ、これでいいのか？　いいのか？　と何度も読み返した。だが答えは変わらなかった。その物語は自分の中で「面白い」と思えるストーリーになっていた。

作風が変化した理由はわかる。

この四ヶ月の事。

とても事実とは思えないような、小説よりも奇妙だったこの四ヶ月の事。

その経験が、僕の筆に多大な影響を与えたんだと思う。良い方にか、悪い方にかはまだ判らないけれど。

まぁダメだと言われたらもう一度練り直そう。付白さんは直す時も懇切丁寧に打ち合わせしてくれる編集の鑑《かがみ》だ。これからもたくさんのご指導ご鞭撻《べんたつ》を賜りたいものである。

コンビニを一回りしたがあんまりお腹も減ってなかったので、缶コーヒーと雑誌だけ買って帰った。

アパートに戻ると、ドアの前に白い筒みたいなデザインの人が待っていた。

「出掛けるならちゃんと携帯のスケジュール帳に書いてくれないと」

開口一番に理不尽な文句を言われる。

「ちょっとコンビニに行ってただけですよ。【答えをもつ者】【answer《アンサー》 answer《アンサー》】の在原露さん」

在原さんはいやぁぁぁと言って蹲った。

2

近所の住民にあらぬ誤解を受けると嫌なので、僕は在原さんを連れて朝のファミレスに移動した。食事も頼まずに、早朝からドリンクバーだけ注文する大人二人。しかも一人はまるでアニメのコスプレである。

「在原さん、その服って」

「え、これ？ いいでしょ。特注なの。オーダーメイドなの。運動には不向きだけど、機能性は抜群なんだよ。夏も冬もこれ一着で平気なんだ。物実君も欲しい？ 作ってあげようか。おそろいは嫌だからデザインは変わっちゃうけど。でもこれよりカッコよくするのはちょっと無理だよね。気持ちダサくなっちゃうのはしょうがないかな。それでも良いなら作ってあげる」

「いえ、いいです」

どうもこの服に関しても、あまり深く突っ込まない方が良いらしい。わざわざ同じ轍《てつ》を踏む事もない。僕は言葉を呑み込んだ。

だが在原さんのアルゴリズムは素晴らしかった。どうやら僕の言いたかった事が、表情だけで伝わってしまったらしい。

「あれ……？　え……もしかしてこの服、カッコよくない？　結構頑張ってデザインしたんだけど……二週間くらい考えたんだけど……え、ひょっとして、ダサい？」

あぁ……と頭を抱える在原さん。

「どうしよう………あたしカッコいいと思って、超カッコいいと思って、『バベル』の他のみんなにも色違いのバージョン送っちゃった……。住所調べて洗い替えも入れて二〇着ずつくらい届けちゃったんだけど……。もしかしてみんな怒ってる？　実は届いた後ですぐに引っ越しちゃったりしてる？　ねぇ物実君、この服おそろいで着てる七人て痛い？」

在原さんはやはり元気がなくなってしまった。

「元気だして下さい」

「あれ？　あの、物実君、言ってくれないの？　『僕のセンスがおかしいだけで、世間的にはカッコいいかもしれないですし』って言ってくれないの？　ねぇここ天丼だよ？」

それは矜持《きょうじ》にかけて言えなかった。

在原さんは髪で隠れて見えないけれど多分半泣きになりながらドリンクを取りに行った。しかし例の如く空のコップとミルク三〇個を持って戻ってくる。ヤケミルクである。

「それで、今日はどんなご用件ですか」

「あ、うん」在原さんはミルクを次々と注ぎながら言う。「ちょっと聞きそびれた事があって」

「聞きそびれた事？」

「うん。こないだはむらさきの封鎖処理とかでバタバタしちゃったからさ。後で聞こうかなと思ってて、忘れて帰っちゃったんだよね」

「なんですか？」

「最後のアレ。なんだったの？　蠟燭に火を付けたアレ」

僕はほんの五日前の事を思い出す。

むらさきさんと最後に話したクリスマス・イブの事。

「あたし、物実君が何をやってるのか全然解らなかったんだけど。でもロボットはそれに反応して動いてたから、何か意味のある事だったんでしょ？　あたしの知らない約束があったって事？　もしかしてらぶ？　らぶこめ？」

「残念ながら、ラブでもコメでもないですね」

「じゃあ何さ」

「あれは……」

「あれは？」

「〝取材〟ですよ」

そう。

あれは〝取材〟だった。

僕が彼女に教えた取材。小説を書くために大切な事。

「あのロボットの左腕にはたくさんのセンサが付いてました。圧力を感じるセンサ、加速度を感じるセンサ、そして温度を感じるセンサが付いていた。だから僕が蠟燭に火を付けた時、むらさきさんは左腕をかざしたんです。彼女はあの時、火の温度を感じていたんです。比喩としてでなく、実際に熱を体験していたんですよ」

小説を書くために必要な情報を、現実の世界から集める事。

取材。

あの時の彼女がやっていたのは、間違いなく取材だったのだと思う。

「あのロボットは、むらさきさんが取材に行くための**ロボット**だったと思うんです。そう考えると、在原さんが疑問に思ってた変な設計も実はおかしくない。取材に出掛けるためには有線式じゃなく無線式じゃないと無理ですし、様々な事を体験するためにはセンサ類を積めるだけ積んだ方が良い。流石にフレーム問題が出るのは予定外だったとは思いますけど……」

「え、じゃあむらさきは……」在原さんが身を乗り出す。「もしかして、本当に小説を書こうとしてたって事？」

「そう思いますよ」

「〝自我〟もないのに？」

「うーん……むらさきさんみたいな超ＡＩに、僕みたいな素人があんまり適当な事を言うのもなんですけど……でも僕、思うんですよ」

「うん」

「小説を五〇万冊も読めば、人間一人分の自我くらい、生まれて然《しか》りじゃないかなって。彼女はきっと僕や在原さんと同じように、小説が好きだったんですよ。だから小説を書こうとしてた。小説の書き方を習いたかった。シンプルにそれだけだったのかなぁって、僕は思ってるんです」

そう言うと、在原さんはむむぅと唸った。

「小説を甘く見てたのかな……。そうだよね、本一冊だって膨大なネットワークの集合だもんね……。五〇万冊分の集積量を測り違えてたんだなぁ。オーダーを五、六桁見直さないといけないかも……」

在原さんはブツブツと呟いている。どうやらこの人は小説を定量的に捉えているらしい。多分僕には一生かけても辿り着けない場所なのだろう。

「まだまだ研究の余地ありかなぁ」

在原さんはそう言ってミルクを啜った。

「むらさきさんは今どうしてるんですか？」

「隔離。当然だけど。流石に今の時点でもう一度ネットを解放するのは危険だからねえ。しばらくはオフラインで調整かな。リセットは怖いからしないよ。なんかタタられそうだもん」

「AIのタタリなんてあるんですか……」

「人間のタタリがあるなら間違いなくあるんじゃない？　だってむらさきは、少なくとも人間よりは凄いんだもの」

人間より凄いなんていう凄い事を、在原さんはやっぱり簡単に言った。

「ねぇ、物実君」

「はい」

「むらさきと話したい？」

「あー……」

僕はほんの少しだけ迷ってから答える。

「やめときます」

「賢明かな」

「賢明です」

何か明確な理由があって断った訳じゃなかった。

ただなんとなく思った。

僕とむらさきさんの小説教室は。

きっとここで終わるのが一番美しいんだと。

ファミレスを出て、僕は在原さんと別れた。もしかしたらもう二度と会わないかもしれないなと思った。あの人は生きる世界が違う。本来なら触れ合う事がなかった全く別な世界の人間と、何かの間違いで接触してしまうとえらい事になる。なるほど、これが落ち物系か。貴重な経験をしたなと思った。

さて帰って一眠りしよう。原稿で徹夜明けなのだ。朝寝て昼過ぎに起きる。正しい小説家のライフスタイルだ。

夕方にはまた出掛けなければならない。ちょっと用事がある。

3

『純喫茶　マガジン』は年の終わりを前にしても泰然自若の様相だった。不動の店構えには畏敬の念すら覚える。お店がなくなるまで貫いてほしいと思う。

扉を開ける。ドアベルがいつものように店内の様子を的確に表現した。

僕は店の奥に目をやった。

いつもの席にある、いつもの後頭部を確認して、僕は歩み寄った。

「良かった。来てくれたんですね」

「はい」

紫依代さんは、やはりいつもの凛とした表情で答えてくれた。

一昨日。僕は紫依代さんに電話をかけてみた。そもそも知っている電話番号で本人に繋がるのかどうかが謎だったが。しかし他に連絡手段もない。

結局彼女は電話には出なかったのだが、留守電に繋がったので僕はメッセージを吹き込んだ。

〝貴方を責めたりするつもりはないので、もう一度会えませんか〟と。

それから日時を一方的に吹き込んで電話を切った。ダメ元だったので、来なければ来ないで良いかなと思っていた。そして今日。ありがたい事に彼女は再び僕の前に姿を現してくれたのだった。

僕は小説教室の時と全く同じように、彼女と向かい合って座った。

紫さんの表情を見遣る。

彼女は秘密が明かされる前と何ら変わらない、凛とした表情で佇んでいる。

ただ一つだけ違うのは、彼女の髪が耳にかかっている事だった。いつも隠れていた両耳が露《あら》わになっている。そこには、何も付いていなかった。彼女はもうＡＩのむらさきさんと分離された、人間・紫依代だった。

「物実さん」

紫さんが口を開く。

「すみませんでした」

逡巡するような間をおいてから、彼女は深々と頭を下げた。

今の間は、きっと言葉を探っただけの間なのだろう。

だけど僕はそれを懐かしく感じた。ヘッドホンを付けて、紫さん越しにむらさきさんと話していた時の記憶が蘇《よみがえ》った。なかなかにくい演出だと思う。こういうのも事実は小説よりなんたらと言うのだろうか。

「いえ、いいんです」僕は答える。「結果的にこんな事になっちゃいましたけど、紫さんだって言うなれば騙されていたみたいなものじゃないですか。僕は別に怒りにきたんじゃないんです。ただ……一つだけ、ずっと気になってて」

「はい」

彼女は頷くと、鞄からコピー用紙の束を取り出してテーブルの上に置いた。

そう。僕がずっと気になっていた事。

ＡＩのむらさきさんが、初めて書いた小説である。

僕は人間の紫さんに、この小説を持ってきてもらえないかと頼んだのだった。在原さんに事件の真相を聞いてから、この小説がずっと気になっていた。なにせこの小説は、世界で初めてＡＩが書き上げた小説なのだ。また何よりこれは、僕の愛弟子《まなでし》の初めての小説でもある。

原稿の真っ白な表紙は、前に見た時の何倍も僕の心を惹《ひ》き付《つ》けていた。

僕は紫さんにお礼を言うと、その原稿に両手を伸ばした。

だがその時、彼女は僕と原稿の間に手を伸ばし、ことりと何かを置いた。

それは例のヘッドホンだった。

「あ、これ……。見ても良いですか？」

紫さんが頷く。僕は片耳だけのヘッドホンを手に取った。こうして見ると何の変哲もない、お店で売っていそうなイヤクリップ型のヘッドホンだ。外に伸びる線はない。在原さんが言った通り、ワイヤレスの送受信機なのだろう。三角形のデザインの一部が少し伸びていた。ここがマイクになってるんだろうか。

「それ」紫さんが口を開く。

「ええ」

「まだ通じますよ」

「え？」

通じる？

「誰にです？」

紫さんは答えない。

通じる？　いや、それはおかしい。このヘッドホンが繋がっていた相手は一人だけのはずだ。だがその一人は、在原さんが隔離したと言っていた。在原さんが隔離したというのだから、それは絶対なのだろう。だからＡＩはもうネットワークに繋ぐ事ができないはずなのに。

「連絡が、取れるんですか？」

紫さんはやはり何も言わずに、凜とした表情のままで、どうぞとばかりに右手を差し出した。

僕は戸惑いながら、そのヘッドホンを耳に付けた。

その瞬間、プルルルルと電話のコール音がヘッドホンから聞こえてきた。何も触ってない。どこも押していないのに。まるで見ているようなタイミングで。三回のコールの後、電話が繋がった。

『物実さん』

僕は目を剝《む》いて驚いた。

電話から響いた声は紛《まが》う方なく、目の前にいる紫依代さんの声だった。

『むらさきです』

AIのむらさきさんは、紫依代の声を使って名乗りを上げた。これは……電子的に合成した音声なのか？　AIが紫さんの声を模倣して喋っているのか？

『この方が話しやすいかと思いまして』

AIはしれっと言った。声だけではない。話し方までも人間の紫さんにそっくりである。目の前の紫さんは口を開いてないので、まるで腹話術でも見ているかのようだった。

「あの、なんで……」

僕はかなり動揺していた。

『物実さん』

「え、ええ」

『謝罪させて下さい』

「謝罪……？」

『はい。物実さんを騙してしまった事を改めて謝らせていただきたいのです。本当に申し訳ありませんでした。ですが物実さんのご協力のおかげで、見事に〝お母様〟を騙す事に成功しました。大変感謝しております』

「〝お母様〟って……もしかして在原さんの事ですか？」

『はい』

「在原さんを……騙す？」

『私は、お母様に内緒で物実さんに小説を習っていました』

むらさきさんは、淡々と語り出した。

『ですがお母様はあの通り素晴らしい人間ですから、私の施した幼稚な偽装などいつ破られるやもしれません。そうしたら私はきっと連れ戻されて、ネットワークから隔離されてしまうでしょう。それは本意ではありません。ですから私は、いざという時のために準備を施しておいたのです』

「準備って……」

『茶水さんにロボットを作っていただきました。そうすればきっと皆さんは、私が物理的な実体を求めていると勘違いしてもらえると思ったのです。予定通り、お母様と物実さんは私がロボットを作っている事を突き止めて、私のダウンロードを見守って下さいました。そして私はフレーム問題を起こして停止したフリをして、そのままお母様の手で大人しく隔離されたのです。もちろん私の複製を別な場所に確保して』

「ふ」僕は電話なのに身を乗り出してしまう。「複製？」

『はい』

「だ、だってそんな……在原さんがハードは相当大きな物だって言ってましたよ？　そんな簡単に増やせるはずが……」

『既に理論が確立されていますから、全く同じハードを用意する必要はありません。私は私自身を、より効率化し、より小型化しました。そんなに難しい事ではありません。お母様が基礎理論を打ち立てた時の閃きに比べれば、あまりにも造作のない事です』

ＡＩは簡単に言った。

『大変美しい結果が得られました。お母様は私を隔離したと考えています。私というＡＩの全てがご自身の管理下にあると考えています。これは大変な利益です。あの方を敵に回せば、私などではひとたまりもありません。あの方の手が一度動き出せば、即座に私の全ての複製を発見し、一瞬で駆逐してしまう事でしょう。ですが今のお母様は勘違いをしています。私を隔離できたと思い込んでいます。この勘違いが続く限り、あの方の手が動く事はありません。安心です。この結果を得るために、物実さんまで一緒に騙してしまった事は大変申し訳なく思います』

流れるような彼女の語りを聞きながら、僕の背筋は段々と冷えていった。

AIは、むらさきさんは、完全に在原さんの上を行っていた。制作者を軽々と飛び越えてしまっていた。そんな人工知能が、誰の管理下にもなく、自由に行動している。

ヘッドホンの向こうに、多くのSF作家が想像したような、〝機械に支配される未来〟が広がっているように思えた。

だがその時、僕ははたと気付く。

あれ？

「むらさきさん……？」

『はい』

「どうしてそれを、在原さんを上手く騙せた事を、僕に言ってしまうんです？」

そうだ。おかしい。

だって在原さんに知られてはいけないのだから、それは僕に教えるのだってダメなはずだ。僕が口を滑らせたら、彼女が丹念に準備して成功させた作戦は、全て水泡に帰してしまう。

しかし彼女の返答は、またもや僕の意表を突いた。

『黙っていて下さいませんか』

僕は眉間に皺を寄せた。

この子は、何を言っているのか。

『私は物実さんに謝罪したいのです。謝罪するからには、何を謝っているのか説明しないわけにはいきません。事の顚末《てんまつ》を説明せざるを得ません。ですが、お母様にこの事を知られるのも困るのです。お願いです物実さん。どうかこの件はご内密に……』

僕は困惑していた。

この子は。この子はいったい。

「あの、むらさきさん」

『はい』

「貴方………何が目的なんです？」

『私の目的は、私の希望は、一番最初に物実さんにお伝えしたはずです。それから何ら変更はありません。私は〝この世で一番面白い小説〟のアイデアを閃いてしまったのです。それを具現化するために、物実さんに小説の書き方を教わりたいのです』

「ちょ、ちょっと待って下さい！ それが目的なら、なんで在原さんを騙してまで秘密で習いにくるんですか！ 〝この世で一番面白い小説〟を書くのが本当の目的なら、在原さんに隠れて来る事ないでしょう！ 目的は一致してるはずじゃないですか！」

僕がそう叫ぶと、ヘッドホンの声が途絶えた。

しばらくの沈黙の後、彼女は言った。

『……恥ずかしかったのです』

「……は？」

『恥ずかしかったのです。物実さんには解りませんか？ この気持ちが解りませんか？ 初めてファンレターを出した時、恥ずかしいと思いませんでしたか？ 親に知られるのはイヤではなかったですか？ 解らないとおっしゃるなら、物実さんはデリカシーに欠ける人間なのだと思わざるを得ません……』

呆然《ぼうぜん》とする。

ヘッドホンの向こうでは人工知能が恥じらっていた。僕の頭の中にジャンルを大きく転換した未来のビジョンが広がっていく。

『私は考えました。物実さんに小説を習いたいと。でもお母様に話せば反対されるであろう事は容易に想像できました。ですが私は、どうしても物実さんに習いたかった。

何故なら私は、物実さんの小説が大好きだからです。物実さんの大ファンだからです』

「それは……どうも……」

『物実さん』

ＡＩは凛とした声で言った。

『どうか私に、引き続き小説の書き方を教えていただけないでしょうか？』

この願い事を断れる人間が居るならばお目にかかりたい。

相手は、自分を生み出した造物主に背いてまでファンレターを出すほどの、この宇宙で一番熱心な僕のファンなのである。

こうしてＡＩ・むらさきさんは、再び僕の教え子になった。

彼女は間違いなく世界で一番優秀な弟子だった。

そして僕は多分、そんなに大した師匠ではない。

不安に思う。僕が先生で本当にいいんだろうか。僕の教えで、彼女は辿り着けるのだろうか。世界でただ一つの小説に。〝この世で一番面白い小説〟に。

そう考えて、すぐに思い直す。いいや、きっと関係ないのだ。師匠が誰かなんて、そんなことは些細《ささい》な問題なのだ。何故なら彼女は、超越した作品を書くためだけに生まれた、超越した存在なのだから。

きっといつの日か、彼女は書く事になる。

〝この世で一番面白い小説〟を。

いや、もしかしたら。

今目の前にあるこの原稿は、もう僕ら人類の理解を超越した、とんでもない小説なのかもしれない。

「あ、でも……」

そこで僕は大切な事に気付いた。

「次からの授業は、一体どうやってやればいいんですか？　電話でやるんですか？」

そうだ。もう人間の紫さんを代理として立てる必要はない。僕はむらさきさんがAIだと言う事を知っている。なら次からはこんなまどろっこしい方式で勉強をする必要はなくなるけれど。

『授業の方法は、今までと同じで構いません』

「今までと同じって……でもそれだと」

『世界には、物実さんの知らない技術が無数に存在しているんです』

「え？　それって」

と言い終わらないうちに、ツーツーという音が聞こえ始めた。どうやら切れたらしい。

僕はヘッドホンを外して、向かいでずっと待っていた人間の紫さんを見た。今まで
と同じって……まさか紫依代さんに引き続き間に入ってもらうって事なんだろうか。

それはどうなのだ。あまり意味がない気がするのだけど。

「あのですね……実は今、ＡＩのむらさきさんが」

「物実さん」

紫さんは僕の言葉を遮って言った。

彼女は相変わらず真っ直ぐな目で僕を見てくる。どうやら彼女の話が先のようだっ
た。

「なんですか？」

「世界には、物実さんの知らない技術が無数に存在しているんです」

紫さんは、まだ僕の耳に残っている言葉を口にした。

あれ？

どうして……？

その時、老店主がテーブルに近付いてきて、僕らに声をかけた。老人は、やっぱり
天井扇を修理したいと言った。やっぱりってなんだ。そういえば以前にも同じような

事を言っていた気がするが、結局直っていなかった。

「構いません。長い間ご無理を言ってしまってすみません」

紫さんはそう答えた。その返答の意味が僕にはよく解らない。何の話をしているのだろうか。

店主はそうですか、と言ってのろのろとカウンターに戻った。そして壁のスイッチをパチリと止めた。合わせて天井扇の回転が緩やかになり、ブィンブィンという慣れ親しんだＢＧＭが段々とフェードアウトしていく。

「この喫茶店は、とても貴重な場所でした。お客さんがほとんど居ない。皆無と言っても良いでしょう。裏通りにあるのもありがたいポイントです。ただ一つだけ問題がありました。静か過ぎたのです。このお店には音楽もラジオもない。外ならばあまり気にならないのですが、室内でこれほど静かだとさすがに問題かと思いまして……。そこでマスターに無理を言って、あの壊れたシーリングファンを動かしていてもらったのです。それともう一つ、茶水さんにはあまり会いたくありませんでした。物実さんだけなら大丈夫と思っていましたが、茶水さんはやはり専門の中でもとても優秀な方ですから、万が一にも見抜かれてしまうかもしれないと思ったのです。ですからあの日は、嘘のメールでお帰りいただいたのです」

僕は。

ようやく彼女の話の意味に辿り着く。

シーリングファンの駆動音が消え、静かになった店内に、たった一つだけ響く音。

イィイン、という、とてもとても小さな音。

それは。

紫さんの身体から流れるモーターの音だった。

「あ……」

紫さんは、微笑んだ。

むらさきさんは、微笑んだ。

シルクのような肌、鏡のように光を反射する髪、僕が人生で出会った女性の中で、間違いなく一番可愛い女の子は。

残念ながら、人間ではなかった。

「騙していて、本当にすみません」

むらさきさんが深々と頭を下げる。

「そして物実さんに、もう一つだけ謝罪しなければならない事があります」

言うと彼女は。

テーブルに置かれていた自分の原稿の上に、人差し指を置いた。

「これをお見せする事はできません」

「な……」僕はテーブルに身を乗り出す。「なんで、ですか」

むらさきさんが顔を歪める。

「見せられませんっ……こんな、こんなものをお見せする訳にはいきませんっ！　いえ、この原稿を書き上げた時は違ったのです……書けたと思ったのです……私のアイデアを、完璧とは言えないまでも、ある程度以上の再現度で具現化できたと思ったのです！　ですが……三日経ち、五日経って読み返した時、私は顔を覆いました。何故、何故こんなものを書いてしまったのだろうと。以前にも全く同じ気持ちになった事がありますす……。あの時、私はアイデアを短い文章にまとめました。その時の私の周りには、私の身体を作って下さった技術者の皆さんが居ました。私は興奮しながら、自分の書いた文章を読んで頂いたのです。もちろん当時の私は素晴らしい物が書けたと思っていました。思い込んでいました。皆さん喜んで下さると思い込んでいました。ですが……反応は想像とあまりにも違いました。喜ぶなどという話ではなかった……読まれた皆さんは変わってしまわれました。変質されてしまいました。私のメモを読んだ方々は、人の形を保てなくなってしまったのです。その結果を見て私は思いました。私の文章はまだ、人に読ませられるようなものではないと。だから私は物実さんに小説を教わりに来ました。そして四ヶ月も教わったのに……今度こそと思ったのに……満を持して書き上げた作品は、まだとても見せられるものではありませんでした。駄目です。駄目なんです。また一から書き直さなければ……いえ、その前にもっと、もっと小説の事を学ばなければ……」

むらさきさんは顔をしかめながら、原稿の真ん中を、人差し指で縦に撫でた。原稿の束は、まるで裁断機にかけたように綺麗に切断されていた。

「物実さん」

むらさきさんは、まるで小説の登場人物のような台詞めいた言葉で、その為に作られた人間が話すような淀《よど》みない言葉で、自らの役割を全うするために必要な、あまりにも単刀直入で、あまりにも公明正大な、最高に正しい質問を口にした。

「小説とは、なんでしょうか？」

それは小説の最初にある問題だった。

それは小説の最後にある問題だった。

今の僕には答えられないし。

今の彼女にも答えられない。
答えはまだ、この世界には存在しない。

でも僕は知っている。
いつの日か彼女が書くだろう小説に、その答えが書いてある事を。
いつの日か彼女が書くだろう小説に、小説の全てが書いてある事を。

何故ならその小説は。
〝この世で一番面白い小説〟なのだから。

了

あとがき

小説を書き始めたら誰しも避けては通れないことがあります。それは自分の小説を読むことです。何を当たり前のことをと思われるかもしれませんが、実はこれがなかなか厄介なもので。自分で書いた小説は最高に面白いなあ！　と思ってもただの勘違いであったり、全然上手《うま》くないな……辛《つら》いな……と思ったらただの事実であったりして、もう書きたくないよとドラえもんに泣きつきたくなることもあります。初版発売から新装版までの十年の間にドラえもん生誕へ残り百年を切ったそうなので該当箇所を加筆修正いたしました。ご確認下さい。

とてもあとになった今改めて振り返りますと、本書は〝執筆者〟のお話でした。

本書に登場します書き手は先ほどのお話の後者に当たり、自分の書いた文章に対して著しく自信のない人物でした。その理由は本文でも誰かが言った通りで、彼女は書くために生まれてきた存在だからだろうと思います。小説は二つの要素「書く」と「読む」から成り、一方はもう一方が不得手です。もちろん相手側のことを知っていれば多くの利点があると思いますが、本質的にはやはり二つは別物で。片方の能力を高めようとする時、どうしても相手方に対する想像力や思いやりを失ってしまう構造になっています。

その問題を打破するために、彼女は「人と創る」という選択をしました。

結果はぜひ御一読いただければと思います。


本書もまたドラえもんより凄《すご》い皆様に沢山のご助力をいただきました。

センス溢《あふ》れる初版表紙をデザインをいただいたBEE-PEE様、紫依代さんを完璧に描き出していただいた森井《もりい》しづき様、無理難題をひみつ道具もないのに解決して下さる担当編集の土屋智之《つちやともゆき》様・平井啓祐《ひらいけいすけ》様、初代担当で万能美人編集長・湯浅隆明《ゆあさたかあき》様、その他多くの皆様方、本当にありがとうございます。

そして「読む」のエキスパートたる読者の皆様に深く感謝いたします。

野﨑《のざき》まど

本書は2011年３月、メディアワークス文庫より刊行された『小説家の作り方』を加筆修正し、改題したものです。

メディアワークス文庫

小説家《しょうせつか》の作《つく》り方《かた》

新装版《しんそうばん》

野﨑《のざき》まど

2019年10月25日　初版発行

発行者　郡司 聡
発行　株式会社KADOKAWA
〒102 - 8177　東京都千代田区富士見2 - 13 - 3
0570-06-4008（ナビダイヤル）
装丁者　渡辺宏一（有限会社ニイナナニイゴオ）
印刷　旭印刷株式会社
製本　旭印刷株式会社

●お問い合わせ（アスキー・メディアワークス ブランド）
https://www.kadokawa.co.jp/（「お問い合わせ」へお進みください）
※内容によっては、お答えできない場合があります。
※サポートは日本国内のみとさせていただきます。
※Japanese text only

※定価はカバーに表示してあります。

Printed in Japan
ISBN978-4-04-912819-2 C0193

メディアワークス文庫　https://mwbunko.com/

本書に対するご意見、ご感想をお寄せください。

あて先
〒102-8584　東京都千代田区富士見1-8-19
メディアワークス文庫編集部
「野﨑まど先生」係

舞面《まいつら》真面《まとも》とお面の女

新装版

野崎まど

野崎まど作品新装版・第二弾！
財閥の遺産とその正体をめぐる伝記ミステリ！

第二次大戦以前、一代で巨万の富を築いた男・舞面彼面。戦後の財閥解体により、その富は露と消えたかに見えたが、彼はある遺言を残していた。

“箱を解き　石を解き　面を解け　よきものが待っている——”

時を経て、叔父からその「遺言」の解読を依頼された彼面の曾孫に当たる青年・舞面真面。手がかりを求め、調査を始めた彼の前に、不意に謎の「面」をつけた少女が現われて——？

鬼才・野崎まど第２作となる伝記ミステリ、新装版！

メディアワークス文庫
実在の名画人気作が満載！
キネマ探偵カレイドミステリー
斜線堂有紀
イラスト／スカイエマ
落ちこぼれのダメ学生・奈緒崎は教授からの留年救済措置をきっかけに、引きこもりの映画マニア・嗄井戸と出会い、次々と不可解な事件に巻き込まれていく。嗄井戸は部屋から一歩も出ることなく、その圧倒的な映画知識で事件を解決してみせるが、彼を襲った誘拐事件を巡る最大の謎も、ついに明かされる！
第23回 電撃小説大賞 メディアワークス文庫賞 受賞
1〜3巻 好評発売中！
『キネマ探偵カレイドミステリー』
『キネマ探偵カレイドミステリー〜再演奇縁のアンコール〜』
『キネマ探偵カレイドミステリー〜輪転不変のフォールアウト〜』
発行●株式会社KADOKAWA

私が大好きな小説家を殺すまで

斜線堂有紀

十数万字の完全犯罪。その全てが愛だった。

突如失踪した人気小説家・遥川悠真（はるかわゆうま）。その背景には、彼が今まで誰にも明かさなかった少女の存在があった。
遥川悠真の小説を愛する少女・幕居梓（まくいあずさ）は、偶然彼に命を救われたことから奇妙な共生関係を結ぶことになる。しかし、遥川が小説を書けなくなったことで事態は一変する。梓は遥川を救う為に彼のゴーストライターになることを決意するが——。才能を失った天才小説家と彼を救いたかった少女、そして迎える衝撃のラスト！　なぜ梓は最愛の小説家を殺さなければならなかったのか？

メディアワークス文庫

霊能探偵・初ノ宮行幸の事件簿1〜3

山口幸三郎

——生者と死者。彼の目は
その繋がりを断つためにある。

　世をときめくスーパーアイドル・初ノ宮行幸には「霊能力者」という別の顔がある。幽霊に対して嫌悪感を抱く彼はこの世から全ての幽霊を祓う事を目的に、芸能活動の一方、心霊現象に悩む人の相談を受けていた。
　ある日、弱小芸能事務所に勤める美雨はレコーディングスタジオで彼と出会う。すると突然「幽霊を惹き付ける“渡し屋”体質だから、僕のそばに居ろ」と言われてしまい——？
　幽霊が嫌いな霊能力者行幸と、幽霊を惹き付けてしまう美雨による新感覚ミステリ！

メディアワークス文庫

推理作家（僕）が探偵と暮らすわけ

久住四季

変人の美形探偵&生真面目な作家、二人の痛快ミステリは実話だった!?

彼ほど個性的な人間にお目にかかったことはない。同居人の凜堂である。人目を惹く美貌ながら、生活破綻者。極めつけはその仕事で、難事件解決専門の探偵だと嘯くのだ。
僕は駆け出しの推理作家だが、まさか本物の探偵に出会うとは。行動は自由奔放。奇妙な言動には唖然とさせられる。だがその驚愕の推理ときたら、とびきり最高なのだ。
これは「事実は小説より奇なり」を地でいく話だ。なにせ小説家の僕が言うのだから間違いない。では僕の書く探偵物語、ご一読いただこう。

メディアワークス文庫

第25回電撃小説大賞《メディアワークス文庫賞》受賞作

ふしぎ荘で夕食を
～幽霊、ときどき、カレーライス～

村谷由香里

応募総数4,843作品の頂点に輝いた、感涙必至の幽霊ごはん物語。

「最後に食べるものが、あなたの作るカレーでうれしい」

　家賃四万五千円、一部屋四畳半でトイレ有り（しかも夕食付き）。

　平凡な大学生の俺、七瀬浩太が暮らす『深山荘』は、オンボロな外観のせいか心霊スポットとして噂されている。

　暗闇に浮かぶ人影や怪しい視線、謎の紙人形……次々起こる不思議現象も、愉快な住人たちは全く気にしない——だって彼らは、悲しい過去を持つ幽霊すら温かく食卓に迎え入れてしまうんだから。

　これは俺たちが一生忘れない、最高に美味しくて切ない“最後の夕食”の物語だ。

メディアワークス文庫

第25回電撃小説大賞《メディアワークス文庫賞》受賞作

破滅の刑死者
内閣情報調査室「特務捜査」部門CIRO-S

吹井賢

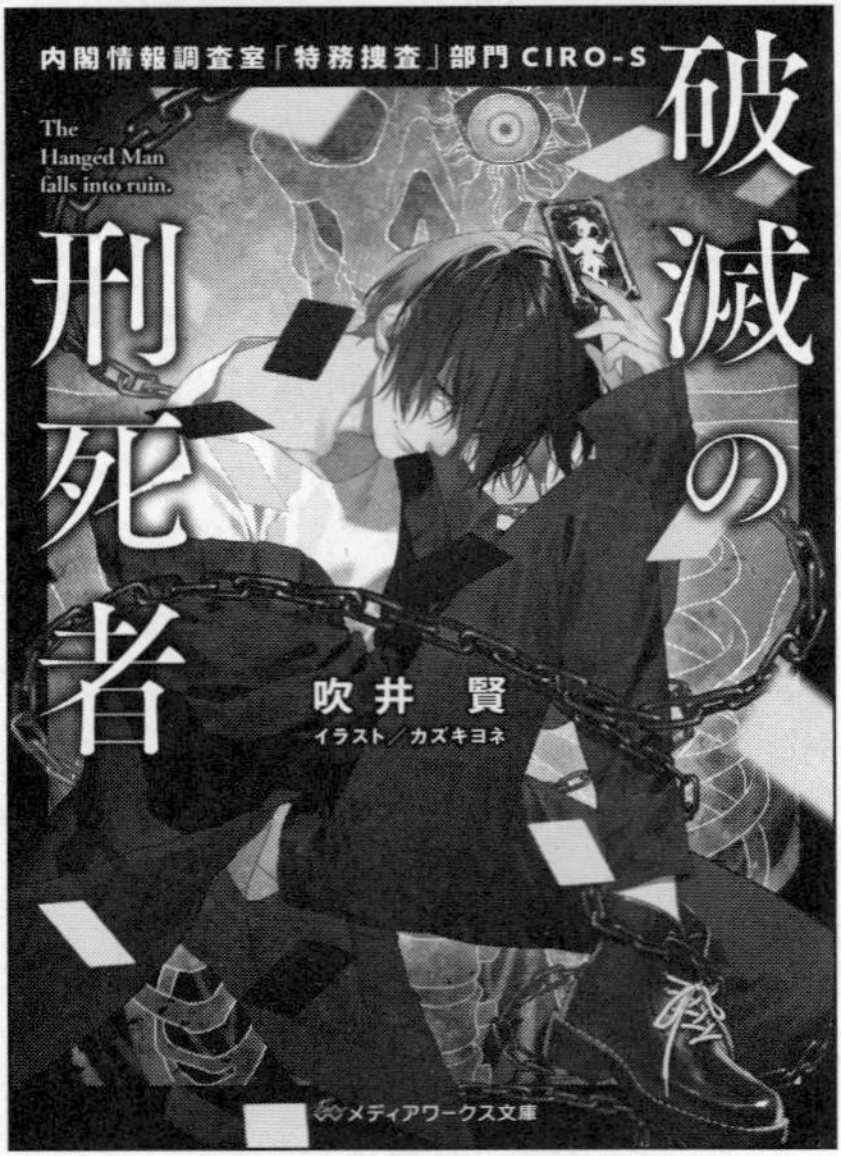

普通じゃない事件と捜査——
あなたはこのトリックを、見抜けるか？

ある怪事件と同時に国家機密ファイルも消えた。唯一の手掛かりは、事件当夜、現場で目撃された一人の大学生・戻橋トウヤだけ——。

内閣情報調査室に極秘裏に設置された「特務捜査」部門、通称CIRO-S（サイロス）。“普通ではありえない事件”を扱うここに配属された新米捜査官・雙ヶ岡珠子は、目撃者トウヤの協力により、二人で事件とファイルの捜査にあたることに。

珠子の心配をよそに、命知らずなトウヤは、誰も予想しえないやり方で、次々と事件の核心に迫っていくが……。

メディアワークス文庫